Rob & Joshua
「SIMPLEX」

「出ていく前に、お休みのキスをしてもいい?」
そう言ったが最初から答えを聞くつもりはなく、
ロブは身を屈めてヨシュアのなめらかな額に
唇を近づけた。手で頭を抱え、軽いキスを落
とす。(「SIMPLEX」P.103より)

SIMPLEX

英田サキ

キャラ文庫

この作品はフィクションです。
実在の人物・団体・事件などにはいっさい関係ありません。

目次

口絵・本文イラスト／高階　佑

SIMPLEX

『親愛なるロブ。誕生日、おめでとう。君にとっておきのプレゼントを贈るよ。喜んでもらえることを心から願っている』

男は手を止め、白い便せんにくっきりと打刻された文字を満足そうに眺めた。

手動式のタイプライターはキーを打つ際の力加減が難しく、どうしても文字に濃淡ができてしまうのだが、これはきれいにできた。

再びキーを打ち、最後に『君の古い友人より』という言葉を添えて手紙を締めくくった。男は笑みを浮かべ、手紙を手に取った。

これを見た時、彼はどんな表情をするだろう。質の悪い冗談だと思い、怒りをあらわにするだろうか。それとも恐怖に震えて青ざめるだろうか。

男はタイプライターの隣に置いてある小さな化粧箱に視線を移した。包装紙できれいにラッピングされたそれは、洒落《しゃれ》た赤いリボンが巻かれている。男は薄いナイロン手袋をはめた手で便せんを丁寧に折りたたみ、赤いリボンの下に差し込んだ。これで準備はすべて整った。

後はこのプレゼントを、彼の家まで届けにいくだけだった。

ロブ・コナーズは鼻歌を歌いながら、よく炒《いた》めて飴《あめ》色になったタマネギの上に、半カップのコンソメスープを注いだ。タマネギの甘味が溶け込んだスープが鍋の中でグツグツと熱せられ、いい香りが漂ってくる。

「さてと、次はパスタだな」

呟《つぶや》いてから、ロブはふと思った。最近、独り言が多くなった気がする。そういえば母親のベリンダも料理中によく独り言をもらす人だったが、以前それを指摘した時、彼女は目尻に皺《しわ》を寄せて「年を取ると、誰だって自然とこうなるのよ」と呑気《のんき》に笑っていた。

ベリンダの言葉を真に受けるなら、自分も年を取ったということになる。しかし加齢の弊害を認めるには三十五歳——正しくは今日で三十六歳なのだが——という年齢は少々微妙だった。声を大にして若いとは言えない年齢だが、かといって老けたという自覚もあまりない。大学教授という立場で言えば、ロブはまだまだ若手の部類に入るので、余計にそう感じるのかもしれなかった。

「まあ、別にいいけどね」

懲りずにまた独り言を口にして、戸棚の中をのぞき込む。何を茹《ゆ》でるか少し迷ったが、今日は濃い目のソースに合うリングイネにしようと決めた。

独り言はともかくとして、年を取るのは素敵なことだ。特に自分の両親を見ていると、つくづくそう思う。会社社長だった父親のトニーは五年前に一線を退き、今はベリンダと海沿いの町ベンチュラに移り住み、夫婦水入らずでリタイヤメント・ライフをのんびり楽しんでいる。ふたりは毎日、手を繋《つな》いで砂浜を散歩して、気が向けば長い桟橋《ピア》の上で釣りをする。それから地域のコミュニティに参加して、ボランティア活動にも励んでいた。まったくもって理想的な老後だ。

そんな両親を見ていると本当の意味で人生が豊かになるのは、これからではないかと素直に思えてくる。六十歳からの人生を充実したものにするためにも、そろそろ今後の人生設計を考えなくてはと思うのだが、今のロブには一番大事なものが欠けていた。

それはパートナーだ。人生を分かち合える最愛の恋人。ロブは生粋のゲイなので、この場合、相手は男性に限られる。

周囲からは恋多き男と思われているロブだが、別に刹那《せつな》的な恋愛を望んでいるわけではなかった。むしろひとりの相手と長く続けていきたいと願っている。だがベッドを共にする相手には事欠かなくても、人生を共にしたいと思うほどの相手には、なかなか出会えないのが現実だった。

いや、出会ったことはあるのだ。過去、何度かこの人ならと感じさせてくれる相手はいた。だが互いの努力や我慢が足りなかったり、相手の心変わりで破局したりで、人生の伴侶を得るまでには至らなかった。

最後に恋をした相手には、残念ながら心に決めた恋人がいて、ロブの恋は片想いのまま終わってしまった。彼は黒い瞳と髪を持った日系人で、クールな外見とは裏腹にまっすぐな心と熱い気持ちを持つ男だった。

報われなくても、ひとりの男を愛し続けるひたむきさ。そしてただ想うだけではなく、自分の信念を行動で示せる強さ。知れば知るほど惹《ひ》かれていったが、彼の恋人を思う一途な気持ちの前に、ロブの邪《よこしま》な恋心はあえなく玉砕したのだ。

ほろ苦い気持ちを吐きだすように溜《た》め息《いき》をついた時、玄関のチャイムが鳴り響いた。時計を見ると、六時になったばかりだった。約束の時間には、まだ一時間もある。

エプロン姿のまま玄関に行ってドアを開けると、ポーチの上にユウト・レニックスが立っていた。あまりにもタイムリーな登場に、内心で苦笑が漏れる。ロブがついさっきまで考えていた相手だったからだ。

「やあ、ユウト。どうしたの？　やけに早いじゃないか」

色の抜けたビンテージジーンズとラフなパーカー。足もとはくたびれたスニーカー。仕事帰りではないようだと思ったら、その通りだった。

「今日は非番だったから、料理の手伝いでもしようかと思って早めに来たんだ」

ユウトはパーカーの前ポケットに両腕を突っこんだまま、「邪魔だったら見てるだけにするけど」と肩をすくめた。ロブは笑って「まさか」と首を振った。

今日はロブの誕生日なので、友人たちが集まってお祝いをしてくれることになっていた。ユウトは自分のアパートメントでパーティをしようと誘ってくれたが、ロブは「俺の手料理のないパーティなんて、ご免だよ」と有り難く辞退して、主賓なのに自らホスト役を買ってでたのだ。

「手伝ってくれるなら助かるよ。じゃあ、さっそく海老の殼でも剝《む》いてもらおうかな」

ニヤニヤしながら室内に招き入れると、ユウトが「何?」と訝《いぶか》しそうな目を向けてきた。

「そういう格好だと、大学生でも十分通用しそうだね。今度、俺の講義でも聴きに来る?」

ユウトをからかいながら、ロブは初めて会った時のことを思いだしていた。一年半前、この家の玄関に現れたユウトは、スーツに身を包んだFBI捜査官だった。東洋人なので年齢不詳の雰囲気はあったものの、特別若くは感じなかったが、今のような格好をしていると、もうじき三十歳になるとは思えない。着ているもので、ここまで印象が変わる男も珍しかった。

「犯罪学の講義なんて聞いてる暇はないよ。こっちは毎日、本物の犯罪者に振り回されて忙しいんだ」

ユウトは素っ気なく答えて、袖《そで》をまくり上げながらキッチンに入った。

「で、海老はどこ?」

「冷蔵庫の中。殼を剝いてから、背わたも取ってくれ」

ユウトは途端に情けない顔をして、ロブを振り返った。

「背わたって……?」

ロブは天井を仰ぎ見て、「なんてこった」と大袈裟《おおげさ》に嘆いてみせた。

「君は二十九年も生きてきたのに、海老の背わたも知らないのか？　信じられないよ」

「し、知ってるよ。俺だって普段、料理をしてるんだ。だけど、いちいちそんなもん取ったことがないから、どうすればいいのかわからないだけだ」

言い訳がましく反論して冷蔵庫から海老の入ったボウルを取りだしたユウトは、ムキになったように殻を剝き始めた。ロブも隣に立ち、笑いをこらえて料理を再開した。

早いもので、ユウトと恋人のディックが一緒に暮らし始めてから、もう半年が過ぎた。ふたりは去年の夏、ダウンタウンにほど近いアパートメントを借り、ふたりで――いや、正しくはふたりと一匹で新生活をスタートさせたのだ。ちなみにディックがウィルミントンから連れてきた黒い犬の名前は、ユウティという。

その事実を知った時、ロブは初めてディックという男を可愛い奴だと思った。ペットに恋人の名前をつけるなんて、どれだけユウトのことが好きなんだと本気で笑ってしまったほどだ。嫉妬《しっと》を別にしても、ディックに対して少しばかり割り切れない気持ちを持っていたロブだったが、彼の純情に免じてすべて水に流すことにした。今ではディックも気の置けない友人のひとりだ。

「ディックは元気かい？　あれから仕事のほうは上手くいってるの？」

「ああ。やっぱり指導員のほうが向いてるって。顔つきまで明るくなったよ」

「それはよかった」

ディックと同居生活を開始したユウトは、時期を同じくしてロス市警の麻薬課に再就職を果たした。彼の職歴から考えれば、それはベストな選択だった。ユウトには六年間、DEA（司法省麻薬取締局）のニューヨーク支局で捜査官として働いていたという貴重な経験がある。属する組織は違っても扱う犯罪は同じなので、今ではすっかり新しい職場に馴染《なじ》んでいるようだった。

一方、ディックは現在ビーエムズ・セキュリティという警備会社に勤務している。この会社の売りはなんといっても、有能かつ見映えのいい社員を多数抱えているところだろう。あからさまに言えば、セレブなマダムやハリウッド女優たちが思わず連れて歩きたくなるような、すこぶるいい男をボディガードとして派遣しているのだ。

ディックはかつて陸軍特殊部隊の精鋭だったうえ、鮮やかな金髪と澄んだ青い瞳を持つとびきりのハンサムだから、友人の紹介で社長と面接した際、その場で採用が決定したらしい。社長の読みは正しく、確かな腕と甘いマスクが受けて彼を雇いたがる顧客は後を絶たなかったが、その顧客にいろいろと問題があったせいで、ディックはボディガードの仕事を続けていくことに疑問を持ち始めた。

ユウトから話を聞いた時、ロブは格好よすぎるのも考え物だとディックに同情した。まったく予想できない話ではなかったが、警護対象者の何人かが、あの手この手でディックをベッドに引っ張り込もうとしたのだ。

おかげでディックは彼女たちの夫や恋人から目の敵にされた。中には「お前の会社は男娼を派遣しているのか」と鼻息も荒くクレームをつけてきた男もいたそうだが、ディックはロブと同じくゲイなので、女性たちに思わせぶりな態度を取ったことはないだろうし、むしろ誘惑されていい迷惑だったはずだ。

金持ちの気まぐれに振り回され、すっかり嫌気が差したディックは退職を申し出た。しかし社長が彼ほどの人材を手放す気は毛頭なく、苦し紛れの折衷案として、ディックの通常の職務をボディガードたちの指導員とし、どうしても人出が足りない時だけ現場に出るというプランを持ちかけてきたのだ。

「でも、ディックみたいに腕も外見も一流のボディガードは、会社のいい看板になる。なんだかんだ言って、これからも現場に引っ張り出されそうだよね」

「その時は六十歳以上の女性かストレートの男性に限って、依頼を受けるってさ。……ロブ。次は問題の背わただ」

すべての海老の殻を剝き終わったユウトが、バツの悪そうな顔で振り向いた。ロブは澄ました顔でトゥースピックを一本取って、「こうやるんだよ」と実演してみせた。海老の背中にトゥースピックを差し込み、黒い糸のような背わたをそっと持ち上げて引っ張り出す。

「それだけ？　なんだ、簡単じゃないか」

ユウトは表情を明るくして、ロブに倣《なら》って同じ方法で背わたを引き抜き始めた。しかし力加減が強すぎて、細い背わたはちぎれてばかりだ。

「クソ。上手く引っ張れないな」

ロブは「君って意外と不器用だからな」と笑い、ユウトの横顔から視線を外した。真剣な顔で小さな海老と格闘する姿が、やけに可愛く見えて困ってしまう。といっても、下心があるわけではなかった。ユウトへの恋愛感情は、すでに心の中の墓地に埋葬済みだ。その墓碑銘には「恋の灯は時として友情の灰を残す」と刻まれている。オリジナルではなく、ある詩人の言葉だが、ロブの心情にはぴったりの言葉だった。

「あ、そうだ」

ユウトが思いだしたように顔を上げた。

「家を出る前、ディックから電話があったんだ。友人をひとりロブの家に連れていきたいんだけど、構わないか聞いておいてくれって」

「大歓迎さ。パーティは多いほうが楽しいからね。でもディックが俺たちの集まりに、自分の友人を誘うなんて珍しいな。どんな人？」

「名前はヨシュア・ブラッド。ディックの同僚で、年は二十七歳。前に会ったことがある。ディックがうちに連れてきたんだ」

「へえ。ディックの奴、その彼のこと相当気に入っているようだね。君に会わせたうえ、俺たちにまで紹介したがるなんて」

ディックはその気になれば誰とでも器用につき合えるが、基本的に自分から他人に近づいていくタイプではない。どちらかというと、人間嫌いの傾向がある偏屈な部分を持った男だ。しかしその代わりと言ってはなんだが、一度懐に入れた人間に対してはとことん面倒見がよくなる。クールに見えて実は愛情深い男なのだ。

「うん。俺も珍しいと思って驚いてる」

「あの会社の社員なら、ヨシュアもそれなりにハンサムなんだろうね。心配じゃないの？」

ユウトはムッとしたように唇を引き締め、ロブを軽くにらんだ。

「ディックは浮気なんてしない」

「別にディックを疑ってるんじゃないよ。君の気持ちを聞いただけ。俺だったら、心穏やかでいられないと思ったからさ。恋人が自分以外の誰かに関心を持つのは、あまり面白い話じゃないだろ」

ユウトは「狭量すぎるよ」といったんは受け流したが、内心では少しだけヨシュアのことが気になっていたらしい。ロブの誘いに乗るように、歯切れ悪くヨシュアの印象を語り始めた。

「ヨシュアって確かにかなりの美形なんだけど、人見知りするのか、俺とはあまり話してくれないんだ。でもディックとはウマが合うのか、ふたりでよくトレーニングとかしてるみたいだな」

「ディックはヨシュアに君のことを、恋人だって紹介した？」

「え？　したけど、どうしてそんなことを聞くんだ？」

ロブは「なんとなく」と答え、フライパンにオリーブオイルを注いだ。よく熱してからみじん切りにしたニンニクも放り込み、オイルに香りをつけていく。

まさかディックがユウト以外の男に目移りすることはないと思ったが、念のための確認だった。ユウトを恋人だと紹介したなら、ヨシュアはただの友人なのだろう。下心のある相手に、わざわざ自分の恋人を見せる馬鹿はいない。

「ディックに言ってやったら？　ヨシュアとはあんまり親しくしないでくれって」

「ええ？　言えないよ、そんなこと」

「でも少しは心配なんだろう？　それなら彼の存在を気にしているって意思表示だけは、しておいたほうがいい。適度なヤキモチは恋愛を長続きさせる、いいスパイスだよ」

明るく言ったが、ロブは面白くない気分でフライパンにラム肉を並べた。ユウトはできた男だから、くだらない嫉妬心をディックにぶつけたりはしないだろう。だが心の底では気にしている。ディックは単に友人を紹介したかっただけかもしれないが、相手が若くてハンサムな男なら、もう少しユウトに気をつかうべきだ。

「実行するかどうかはともかくとして、アドバイスは有り難く受け取っておくよ。……けど、あれだな。キッチンで君とこんな話をしてると、ママから男の操縦法を教わってる、新妻みたいな気分になってくる」

ユウトの言葉に、ロブは思わず吹き出してしまった。ユウトも一緒に笑っていたが、すぐに自分に言い聞かすような口調で言った。

「ヨシュアのこと、まったく気にしないって言えば嘘《うそ》になるけど、ディックに近づく相手に誰彼なく嫉妬してたら馬鹿みたいだよ」

「いいじゃないか。普段から馬鹿なのは最低だけど、恋愛で愚かになれる人間は魅力的だ」

ロブは焼き色のついたラム肉をひっくり返してから、真面目くさった顔で口を開いた。

「偉大なフランスの詩人、ポール・ヴァレリーもこう言ってるよ。恋とはふたり一緒に馬鹿になることだって。名言だろう？」

「まあね」

ロブはさらに言葉を続けた。

「ついでに彼はこんな言葉も残してる。――湖に浮かべたボートを漕ぐように、人は後ろ向きに未来へ入っていく。目に映るのは過去の風景ばかり。明日の景色は誰も知らない」

ユウトはしばらくロブを見つめてから、「いい言葉だね」と小さく頷《うなず》いた。ユウトはそれきり黙ってしまったが、ロブにはなんとなくわかった。ユウトは今、孤独な気持ちでボートを漕ぎ続けていた日々を思いだしている。明日に何が待っているのかわからず、不安だらけの挫《くじ》けそうな心を抱えて、それでもディックを求めてがむしゃらに走り続けたあの日々を。

明けない夜がないように、ユウトは苦しみの果てに幸せを手に入れた。今のユウトはひとりではない。彼のボートにはディックがいるのだ。ふたりで力を合わせてオールを漕ぎながら、確かな未来へと進んでいる。

ユウトのボートに乗れなかったことに、今でも一抹の寂しさは感じるが、だからといってふたりの幸せを妬《ねた》むつもりはなかった。ユウトの悲しむ顔は見たくない。彼にはいつでも笑っていてほしい。

ある時、ロブは我慢しきれずユウトに迫った。ユウトがディックだけを愛していることは、嫌というほどわかっていたが、今夜だけでもいいからと言って、抑えきれない恋情を本気でぶつけたのだ。

君は大事な友人だから安易に関係を持てないと言って、ユウトは苦しそうな表情でロブを拒んだ。強い葛藤の末、ロブは退くことを選んだ。一夜だけのセックスと引き替えに友情を失いたくない。自分を友として大事に思ってくれているユウトの気持ちを、踏みにじりたくない。そう考えたからだ。

辛《つら》かったが、今となっては正しい選択だったと思える。あの時に寝なかったから、ふたりは今も気兼ねのない関係を続けていられるのだ。そしてこれからもユウトとは、友として末永くつき合っていきたいと思っていた。友情の絆《きずな》は時として、恋愛のそれより強い場合もあるのだ。

「ねえ、ユウト。俺とは一生、友達でいてくれよね」

「え？　なんだよ、急に」

目を丸くしているユウトに、ロブは「どうなの？」と答えをねだった。

「そんなの決まってるだろ。君との友情は死ぬまで消えたりしないよ」

「よかった。それを聞いて安心したよ」

ロブはにっこり微笑《ほほえ》んだ。ディックが振られることはあったとしても、自分は生涯ユウトの友人だ。ディックには悪いが、なんとなく楽しい気分だった。


七時頃になると、他のメンバーも次々とやってきた。チカーノ（メキシコ系アメリカ人）の兄弟、ネトとトーニャ。同じくチカーノでユウトの義兄のパコと、パコの同僚の黒人刑事マイク・ハワード。ふたりはロス市警の殺人課に勤務している。この面子《メンツ》で何度もロブの家に集まっているので、今さら堅苦しい挨拶《あいさつ》など必要もなかった。

「ユウト。ディックは来ないのか？」

スーツ姿のパコが、テーブルに着くなりユウトに尋ねた。

「いや、もうすぐ来るよ。今日は同僚をひとり連れてくるんだって」

最初の頃は、ふたりの関係に厳しい目を注いでいたパコだが、最近はディックに対する態度もかなり柔らかくなった。可愛い弟をたぶらかされたという怒りは、ディックの真面目な人となりを知るうちに消えてしまったのだろう。

「トーニャ。この前はごめんよ。店で大騒ぎして申し訳なかった。ミゲルの奴も羽目を外しすぎたって反省していたから、許してやってくれ」

パコは隣に座るトーニャと会話を始めた。

「大丈夫よ、パコ。彼、すごく面白かったもの。あんな愉快なパフォーマンスは、そうそう見られないわ。気にしないで、また連れてきてちょうだいね」

トーニャが微笑むと、パコもホッとしたように白い歯を見せた。パコはこのところ、トーニャが店長を務めるメキシカン・バーに、時折遊びにいっているらしかった。

ロブはトーニャの隣でペリエを飲んでいる兄のネトに、ちらっと目を向けた。元ギャングで今はまっとうに生きている、大柄で精悍《せいかん》な風貌《ふうぼう》を持った存在感のある男は、ロブと視線が合うと「俺は知らん」と言わんばかりに軽く肩をすくめた。やはりネトも気づいているのだ。

十中八九、パコはトーニャに気がある。一緒に住んでいた恋人とはかなり前に別れているので、誰に惚《ほ》れるのもパコの自由だが、ひとつだけ大きな問題があった。気の毒なことに、パコはトーニャが男だという事実を知らないのだ。

トーニャを男だと見抜けないパコを、間抜けだと笑うことは誰にもできないだろう。トーニャはどこから見ても完璧な女性だ。シリコンで胸を膨らませてもいないし、女性ホルモンも投与していない。それなのにメイクと服装だけで美しい女性になれてしまう、希有なトランスジエンダーだった。

トーニャが男だということは、てっきりユウトが教えていると思っていたが、ユウト自身、トーニャが肉体的には男性だという事実をすっかり忘れ去っている節があるので、もしかしたら義兄に説明することすら、思いつかなかったのかもしれない。

パコが本気になる前に、真実を教えてやったほうがいいだろう。彼はストレートだから、トーニャが男性だと知った時点で失恋は決定する。同情はするが心配はしていなかった。パコは恋愛経験の豊富な大人の男だ。立ち直るのも早いに違いない。

「先生よ。このパスタ、むちゃ旨いぜ。あんた学者なんてやめて、料理人になったらいいのに」

口いっぱいにリングイネを放り込んだマイクが、陽気な口調で話しかけてきた。この黒人刑事はいつも旺盛な食欲を示し、ロブの手料理を絶賛しながら平らげてくれる。

「この世から犯罪がなくなったら、いつだってコックに転身するよ。マイク、こっちのサラダも美味しいからどうぞ。ちなみに海老の殻は、ユウトが剝いてくれたんだ」

「背わたも取った」

すかさずユウトが手を上げて口を挟んだ。ロブが「そうそう」と相槌《あいづち》を打った時、玄関のチャイムが鳴った。

「お、ディックのお出ましだな。——ああ、いい、ユウト。俺が行くから」

腰を上げかけたユウトを制し、ロブは玄関に向かうとすぐさまドアを開けた。

「遅いぞ、色男。遅刻の理由は知ってるからな。ハリウッド女優とよろしくやっていたんだろう」

ロブのおふざけに慣れているディックは、調子を合わせるように軽く片眉を上げて、「ロブ」と低い声を出した。

「声がでかいぞ。ユウトに知られたらどうするんだ」

「その時は潔く振られることだね」

笑ってディックの肩を叩《たた》くと、ディックも笑みを浮かべて拳でロブの腕を軽く叩いた。

「遅くなってすまない。友人をひとり連れてきているんだが、ユウトから聞いてるか？」

「ああ。君の同僚だろ。歓迎するよ」

ディックが「ヨシュア」と後ろを振り返ると、ドアの陰から金髪の青年が現れた。

「……初めまして。ヨシュア・ブラッドです。突然、お邪魔して申し訳ありません」

礼儀正しく挨拶してから、ヨシュアは右手を差しだしてきた。身長はロブより少し低い。おそらく百八十センチ弱くらいだろう。引き締まったスレンダーな体つきをしている。

「やあ、いらっしゃい。ロブ・コナーズだ。俺のバースデー・パーティにようこそ」

ヨシュアの手を握り返しながら、ロブは心の中で「おやおや」と舌を巻いていた。

毛先がゆるくカーブした、艶《つや》やかなホワイトブロンド。エメラルドのような緑の瞳。まっすぐ伸びた細い鼻梁。その下には、完璧なフォルムを持った赤い唇。これはまた、とんでもない美形がいたものだ。ユウトが心配になるのも無理はない。

「ヨシュア。プレゼントはもちろん用意してくれてるよね？」

　ヨシュアは一拍間を置いてから、真面目な表情で「すみません」と謝った。

「ディックに突然誘われたので、何も持ってきていません」

　どうやらジョークの通じない相手らしい。ロブはヨシュアの肩を気さくに叩き、「やだな」と笑いかけた。

「冗談に決まってるだろう。……ねえ。もしかして、以前にも会ったことがある？」

　なんとなく見覚えのある気がしたのだが、言ってからベタな口説き文句のようだと思い、少し恥ずかしくなった。

　ヨシュアはロブの顔を、一度じっと見つめてから、目を伏せた。

「いえ。初対面です」

「だよねぇ」

　自分で聞いておいて、すかさず頷いた。思い違いだろう。これほどの美形なら、一度会っていれば忘れるはずがない。

「さ、ふたりとも入って」

　ロブはふたりをリビングに連れていき、みんなにヨシュアを紹介した。

「彼はヨシュア・ブラッド。ディックの同僚だ。ディック、ヨシュア、好きな場所に座ってくれ」

ヨシュアは言葉少なに「よろしく」と頭を下げて、空いていた席にディックと並んで腰を下ろした。

「私はトーニャよ。こっちは兄のネト」

トーニャが愛想よく自己紹介をすると、続いてパコとマイクも自分の名前を名乗った。ヨシュアはひとりひとりと握手して、最後にユウトに顔を向けた。

「やあ、ヨシュア。元気かい？」

「はい。この前はありがとうございました」

整った顔でにこりともせずに言うので、愛想がないことこのうえない。

「いや。またいつでも遊びに来てくれ」

ユウトは気を悪くした様子もなく、笑みを浮かべて返事をした。ユウトはヨシュアのことを人見知りだと言っていたが、ロブはそんな可愛いものじゃないだろうと思った。いくらなんでもひどすぎる。初対面の人間たちを前にして、愛想笑いのひとつも浮かべられないとは、どういう性格をしているのだろう。

「ヨシュア。ワインはどう？」

このクールな男をどうにか笑わせてやろうと思い、ロブは懐柔作戦に出た。まずは酒をどんどん飲ませてリラックスさせるのだ。アルコールが入れば、誰だって口数が増える。

しかし、そんなロブの目論見《もくろみ》はあっさり打ち砕かれた。

「結構です。アルコールは飲まないので。できれば私にもペリエをいただけますか」

ヨシュアは素っ気なく返事をしてから、ネトが飲んでいる緑色のボトルをちらっと見た。

「……そう。わかったよ」

にこやかに答えたが、内心では少々ムッとしていた。酒を断られたからではない。愛想はいいのに礼儀知らずの人間は可愛げがあって好きだが、その反対のタイプは基本的に苦手なのだ。意図的だろうが無意識だろうが、他人とはっきり距離を置こうとする人間は、いろんな意味で扱いづらい。

よほど警戒心が強いのか、それとも単に気難しいのか——。まあ、どっちでもいい。うちのパーティに来たからには、最後には上機嫌で帰してみせる。それがホストの務めというものだ。

ロブが妙な闘志を燃やしていると、ディックがヨシュアのためにサラダを取り分けた。

「遠慮せずに食えよ。ロブの料理はうまいんだ」

「ありがとう、ディック」

ヨシュアが初めて笑みを見せた。唇が少しゆるんだだけの控えめな微笑だったが、怜悧《れいり》な風貌だけにわずかな変化でも印象が変わる。ディックもつられるように、ヨシュアに柔らかな微笑みを向けた。

ロブが素早くユウトを見ると、彼はパコと仕事の話をしている最中だった。しかしふたりのやり取りに気づいていたらしく、表情がわずかに硬い。

ディックの奴め、とロブは苦々しく思った。浮気しているわけでもないのに責めるのはどうかと思うが、ユウトの複雑な気持ちが理解できるだけに、どうにも気分が尖《とが》ってしまう。

「じゃあ、やっぱりお前がやるのか」

パコが険しい表情で呟いた。

「ああ。アジア人系の組織なんだし、どう考えても俺が適任だ」

どうやらユウトがアジア人系の麻薬密売組織に、身分を偽って接触を図ることが決まったらしい。囮《おとり》捜査の危険性をよく知っているパコだけに、かなりの渋面だ。

「大丈夫だよ、パコ。DEAにいた時だって、潜入捜査ばかりしていたんだ」

心配性の兄の気持ちを解《ほぐ》すように、ユウトが明るい声で言ってのける。それでもパコの表情は晴れなかった。

「ディックはどう思う?」

恋人の無茶を止める気はないのかと言いたげに、パコがディックを窺《うかが》った。ディックは一度、ユウトの顔を見てから、またパコに視線を戻した。

「俺も最初は反対しました。けど、ユウトの気持ちは変えられなかった。仕事に関しては、筋金入りの頑固者ですからね」

「そうか。君が反対して駄目なら、どうしようもないか。……ユウト。無茶だけはするな。捜査は他の刑事にもできるが、俺やディックや友人たちにとって、お前っていう人間はこの世にたったひとりしかいないんだ」

「ああ、わかってる。慎重にやるよ」

ユウトはパコに頷いてから、さり気なくディックと視線を交わした。ごく自然に気持ちが通じ合っていると思わされる、優しい見つめ合いだった。

おそらく捜査の件で、ふたりはいろいろと話し合ったのだろう。ユウトは仕事に対して真摯《しんし》な男だ。そのことはディックもよく知っている。最初は反対しても最終的には理解を示して、ユウトを励ましたに違いない。ディックの励ましほど、ユウトにとって心強いものはないはずだ。

ヨシュアの出現で苛立《いらだ》った気分になっていたが、あらためてふたりの関係がそう簡単にぐらつくものではないと思い知り、ロブは自分の杞憂《きゆう》をゴミ箱に捨て去った。ユウトとディックは大丈夫だ。あれだけの困難を乗り越えて、強い絆で結ばれたふたりなのだから。

「じゃあ、しばらくは俺の手料理も食べに来られない？」

冗談交じりにロブが尋ねると、ユウトは「そうだな」と頷いた。

「身元を探られないよう、明日から当分は相棒の刑事とホテル住まいだ。せいぜい派手な格好をして、チャラチャラした悪い男を演じるつもりだ」

「ユウトにチャラチャラした変装なんてできるのかしら？」

トーニャが笑いながら茶々を入れると、ネトも「まったくだ」と応じた。みんなが笑っても、ヨシュアだけは表情を崩さない。会議の傍聴者のように、黙って聞いているだけだ。

気乗りしないなら、ディックの誘いを断ればよかったのに。そう思わずにはいられなかったが、たとえ気に食わない相手でも客として自分の家に来たからには、丁重に扱うのがロブの流儀だった。

「ねえ、ヨシュア。君はなぜボディガードの仕事に就いたの？」

ロブは話しかけながら、さり気なくヨシュアの皿に自信の一品である、ミートローフをひと切れ入れようとした。今までこれを食べて、美味しいと言わなかった客はいない。

「以前、警備の仕事に就いていたので、経験を活かせる職業がいいと思いました。――コナーズさん。申し訳ありませんが、私は肉料理が食べられません」

――餌《え》付け失敗。ロブは切り分けたミートローフを持ったまま、引きつった顔で「なるほど」と相槌を打った。

「なら俺がもらおう。プロフェソルのミートローフは絶品だからな」

ネトが助け船を出してくれたが、その表情にはどこか笑いをこらえている節がある。鋭い男なのでロブの内心に気づいているのだろう。少しばかり面白くない気分で、ロブは「グレイビーは？」とネトを軽くねめつけた。

「当然かける。あんたのお手製ソースも大好きだ」

魅力的な笑顔を返されると、それ以上、不機嫌な顔を見せるわけにもいかない。ロブは気を取り直してにっこり笑い、ネトのミートローフにじっくり煮詰めたグレイビーをかけてやった。

その時、再び玄関のチャイムが鳴った。

「誰だろう？　もう客は揃《そろ》っているのにな」

みんなに適当にやっててくれと告げ、ロブは玄関に向かった。しかしドアを開けてみたが誰もいない。不審に思いつつ薄暗いポーチに視線を走らせると、白い箱がぽつんと置かれていた。

「なんだ？」

呟いて手に取ってみた。見た目よりも軽い。大きさは小振りのホールケーキが入る程度で、赤いリボンがかけられていた。リボンの下に挟まれた白い便せんを開いてみると、短いメッセージが書かれてあった。

『親愛なるロブ。誕生日、おめでとう。君にとっておきのプレゼントを贈るよ。喜んでもらえることを心から願っている。――君の古い友人より』

ロブは首をかしげながらリビングに戻った。箱を見たユウトが、「誰かからプレゼントが届いたのかい？」と尋ねてきた。

「ああ。でもポーチに置き去りにされていたんだ。便せんが添えてあるけど、俺の古い友人よりって書いてるだけだ」

マイクが冷やかすように口笛を吹いた。

「もしかして、昔の恋人じゃねぇのか？　てことは、その彼女――あ、先生の場合は彼か？　まあ、どっちでもいいや。とにかくそいつは手渡す勇気がなくて、プレゼントだけ置いて帰ったってことだろう？　こりゃまた、なんとも奥ゆかしい元カレだぜ」

「ねえロブ、開けてみてよ」

トーニャに促され、ロブは箱をテーブルの上に置いた。

「びっくり箱だったりしてな。みんな気をつけろ。中から玩具のヘビが飛びだしてくるかもしれないぞ」

パコがニヤニヤしながら言うと、ユウトも「その可能性はおおいにあるな」と同調した。

「嫌な兄弟だな」

ロブは文句を言いつつリボンをほどいた。念のため玩具のヘビに備え、上箱をそっと持ち上げる。――よかった。何も飛びだしてこなかった。箱の中には糸くずのような、梱包用の紙パッキンがたくさんつまっている。

「言っておくけど、俺は恨みを買うような別れ方はしたことがないんだ。いつだって、これからもいい友達でいようねって、お互い納得済みで円満にさようならしてるからね」

喋《しゃべ》りながら紙パッキンを取り除いていくと、ビニール袋が見えた。食材などを入れておく、ジッパーつきの保存袋のようだ。

「何かしら？　食べ物でも入ってるの？」

トーニャが不思議そうな顔でのぞき込む。ロブは少しガッカリした。外側はきちんとラッピングしているのに、中身がこれでは詰めが甘すぎる。

「どうせなら、もうちょっと容器にもこだわってほし——」

ジッパーの部分を摑《つか》んで袋を持ち上げたロブは、思わず息を飲んだ。驚きのあまり、喉の奥がヒュッと鳴った。

「え……？」

マイクが袋の中身をよく見ようと、顔を近づけてくる。その直後、トーニャが「嫌っ」と叫んで、ネトの肩に顔を伏せた。

「うわっ！　なんだ？　み、耳か……？」

「まさかだろ……」

パコが気味悪げに呟いた。だがそれはどう見ても耳だった。犬でも猫でもない、人間の耳だ。しかも血が滴っているので、グロテスクにもほどがある。

ロブはビニールの上から指先で耳を押してみた。コリコリとした感触が伝わってくる。もしかすると精巧にできた作り物かもしれないと思ったが、間違いなく本物だ。

不意にキィンと耳鳴りがして、強い目眩《めまい》を感じた。一瞬、平衡感覚を失いかけ、テーブルに片手を突いてしまった。

──切り取られた人間の耳。『親愛なるロブ』という言葉から始まる、タイプライターで打たれたメッセージ。同じだ。あの時とまったく同じ。

瞬時に過去の悪夢が、まざまざと甦《よみがえ》ってきた。ロブはビニール袋を箱に戻し、指先で瞼《まぶた》を強く押さえた。

「……ユウト、警察を呼んでくれ。おそらく、この耳の持ち主は殺されている」

「なぜわかるんだ？」

「以前も同じことがあった。頭のいかれたサイコ野郎が、殺した女性の耳を俺に送りつけてきたんだ。そいつは推定で九名の女性を殺したシリアルキラーだ」

ユウトは驚愕《きょうがく》の表情でロブを見つめた。

「それって、もしかして耳切り魔トーマスのことか……？」

「ああ、そうだ。あれは俺が関わった事件だった。あの事件とやり口が同じなんだよ」

ユウトが携帯電話を手にしたのと同時に、パコとマイクは勢いよく部屋を飛びだしていった。周辺に犯人がいないか、確認しにいったのだろう。

ディックはロス市警に電話をかけているユウトを、心配げな表情で見守っている。その隣でヨシュアは身じろぎもせず、食い入るように白い化粧箱だけを見つめていた。

「プロフェソル。大丈夫か？」

青ざめているトーニャの肩を抱きながら、ネトが尋ねてきた。ロブは力ない笑みを浮かべて頷いた。

「どうにかかね。まったく最高の誕生日だよ」

「ロブ。今夜はこれで帰るよ。もう遅いから周囲への聞き込みの続きは、また明日やる。あと、庭や玄関もあらためて調べたいから、もう一度鑑識を来させる」

ロブたちがソファで待っていると、パコとマイクがリビングに戻ってきた。さっきまでせわしなく動き回っていた他の刑事や鑑識係も、もうほとんどが姿を消している。

思ったより警察の調べは早く終わった。ここで犯行が行われたわけではないので、当然といえば当然だろう。犯人の痕跡が残っているとすれば、パコが言ったようにせいぜい庭とポーチくらいのものだ。

「ああ、わかった。……楽しんでもらうはずが、嫌な仕事をさせる羽目になっちゃったね。本当にすまなかった」

「何言ってるんだ。君のせいじゃない」

パコは立ったままで、ロブにいたわるような視線を送った。誕生日にとんでもない贈り物をもらった男に、心から同情しているのだろう。

「おそらく、あの耳は死後に切断されたようだ。詳しい分析結果も明日には出る。……それとトーマス・ケラーだが」

「ああ。どうだった？」

耳切り魔トーマスことトーマス・ケラーは、かつて凄惨《せいさん》な連続殺人事件を起こし、全米を震撼《しんかん》させたシリアルキラーだ。彼は若い女性を攫《さら》って絞殺したのち、彼女たちの両耳を切り取り、コレクションとして大事に保管していたのだ。

ケラーがＦＢＩに逮捕されるまでに発見されていた遺体は全部で六体だったが、彼の自宅からは、ホルマリン漬けにされた九人分の耳が押収された。しかし取り調べでも裁判でもケラーが完全黙秘を貫いたため、残る三名の遺体は今もって不明のままだ。

死体がないことには犯罪を立証できない。結局、ケラーは六人を殺害したとして第一級殺人罪で起訴されたが、供述調書が一枚もないという異例さも手伝い、自白なき裁判は難しいものとなった。

ケラーの弁護士は彼が女性たちを殺害した確たる証拠はないとして、死体遺棄、損壊罪のみで裁かれるべきと主張し続け、人権擁護団体もケラーの沈黙は無言の抗議であると騒ぎ立てた。

様々な物議を醸しだした裁判だったが、最終的にケラーは死刑判決を言い渡され、彼はヴァージニア州の刑務所に収監された。

「トーマス・ケラーは一度、テキサス州の刑務所に移送された後、一年前にカリフォルニア州立マダラス刑務所に移送されていた」

「マダラス刑務所……？　アナハイムにある？」

「ああ、そうだ」

ロブは信じがたい気持ちでパコの黒い瞳を見上げた。アナハイムはロサンゼルスから五十マイルほどしか離れていない街だ。まさかケラーがそんな近くの場所で服役中だとは思いもしなかった。

「ケラーが脱走したなんて言わないよね？」

現実的に考えてその可能性は一番低いとわかっていたが、確かめずにはいられなかった。過去にはテッド・バンディの例もある。テッド・バンディこと、セオドア・ロバート・バンディ。一シリアルキラーという言葉を生み出したこの連続殺人犯は、数多くの女性を殺害したのち、一九八九年に死刑となった。しかしバンディは一度逮捕された後、刑務所から脱獄して三人を殺害し、二人に重傷を負わせている。

「ああ。ケラーは脱走していない。彼は今も刑務所の独房に収監されている」

パコの明快な返事を聞き、ロブはホッと胸を撫《な》で下ろした。現在のセキュリティシステムを考えれば、死刑囚が脱獄することは不可能に近い。

「だったら、やっぱりコピーキャットかな」

そう言ったものの単純な模倣犯だと結論づけるには、いくつかの疑問点があった。しかし今はその疑問を誰かに話す気になれない。

「パコ。ロブが心配だ。警察で護衛をつけられないだろうか？」

ソファの端に座っていたユウトが口を開いた。ロブはすぐさま首を振った。

「ユウト、その必要はないよ。犯人の挑発は感じるけど、直接、俺を襲ってくることはないはずだ」

心の中で「今のところはね」とつけ加えた。実際のところ、まだ情報が少なすぎて、何ひとつ確かなことは言えない。しかし警官に常に見張られる窮屈な生活だけは、何がなんでも避けたかった。

「でも……」

「君の気持ちは嬉しいけど、警察のガードは謹んで辞退する」

ロブがきっぱり言い切ると、ユウトは渋々といった表情で黙り込んだ。

「パコ。ケラーに殺された被害者は、すべて若い白人女性だ。彼女たちは金髪で、ほとんどが華奢《きやしや》な体型の美人だった。今回の被害者もおそらく同じようなタイプだと思う。このコピーキャットはケラーのやり口を、完璧に真似ているからね」

「というと？」

「まずは手紙だ。ケラーもタイプライターを使っていた。文面も酷似している。彼はこう書いてきた。——親愛なるロブ。君にとっておきのプレゼントを贈るよ。俺の大事なコレクションの一部だ。喜んでもらえることを心から願っている。……ね？　そっくりだろ？」

パコは心底嫌そうな顔つきで頭を振った。

「君は犯罪者に好かれる男なのか？　なぜケラーは君に耳を送ってきたんだ」

「ＤＣにいた時、俺は出版社からの依頼である雑誌に、当時捜査中だったケラーの事件について記事を書いたんだ。俺なりに推理した犯人像や動機についてね。それを読んだケラーは、俺を自分のよき理解者だと誤解したってわけさ」

「なるほど。……詳しいことは明日教えてもらおう。俺とマイクは署に戻るよ」

パコとマイクを見送って戻ってくると、トーニャがコーヒーを用意してくれていた。

「みんな、すまなかったね。とんだ騒動に巻き込んでしまった」

「気に病むことはないわ。友達でしょ？」

トーニャの優しい微笑みに、疲れた気持ちが癒《いや》される。ロブが「ありがとう」と答えた時、ユウトが難しい表情で口を開いた。

「やっぱり心配だな。警察の護衛が嫌なら、ボディガードを雇うのはどうだろう？」

「ええ？　そこまでする必要はないよ」

「だけど犯人は君の自宅を知っているんだ。危険がまったくないとは言い切れない。ロブは拳銃を持たない主義だし、もし寝込みを襲われでもしたら……。なあ、ディック。しばらくロブの警護を頼めないだろうか？」

ロブは心配性のユウトに呆《あき》れたが、同時に自分のことを親身に思ってくれる彼の誠実な気持ちに、心から感謝した。まさかの時の友は真の友、とはよく言ったものだ。

「俺は構わない。会社のほうに相談して、明日から常時——」

「ディック。コナーズさんの警護は、私にやらせてください」

ディックの言葉を遮ったのはヨシュアだった。

「けど、お前は明日から長期休暇を取る予定だったろう?」

「ええ。ですからコナーズさんの警護は会社とは関係なく、あくまでも個人的にさせてもらいます。コナーズさん。俺を雇っていただけませんか? 報酬はいりません」

初対面のロブを無償で護衛したいと言いだしたヨシュアに、誰もが啞然《あぜん》となった。全員から見つめられ、ヨシュアは居心地が悪そうだった。

「いや、でも……。気持ちは有り難いけど、君にそこまでしてもらう理由がないよ」

「理由なんて気にしないでください。私がただそうしたいんです」

ロブはヨシュアのまっすぐな瞳を見返し、眉根を寄せた。ますますもって不可解だ。

「もしかして、俺にひと目惚れでもした?」

冗談半分、本気半分で尋ねたら、ヨシュアの表情はムッとしたものになった。ロブは慌てて言い訳した。

「なんてことは、ないみたいだね。でもなぁ……」

「せっかくヨシュアがこう言ってくれているんだし、しばらく身辺を警護してもらえよ。もし嫌だって言うなら、俺が君のボディガードになる」

　ユウトが本気を感じさせる真剣な目つきで言った。

「君は明日から大事な捜査を始めるんだろう？　捜査は他の刑事にもできる。仕事も大事だけど、君のほうがもっと大事だ」

　友情に厚い律儀な男だ。こんな恥ずかしいセリフを臆面もなく言えるユウトを、友人に持てた自分はつくづく幸せ者だと思う。

「ロブ。ヨシュアはまだ若いが腕は確かだ。彼を雇ってやってくれ」

　ディックまで後押ししてきた。ここで断れば自分が悪者になってしまう。

「わかったよ。じゃあ、ヨシュア。しばらく、俺のボディガードを頼めるかな？」

「はい。では今晩から、生活を共にさせていただきます」

「え？　うちに寝泊まりするの？」

　当然だと言わんばかりの冷ややかな眼差《まなざ》しで、ヨシュアははっきり頷いた。

「だったらヨシュアも準備があるでしょうから、警護は明日からにすれば？　今夜はネトに泊まってもらえばいいわ。ネト、いいわよね？　明日、ヨシュアが来るまで仮のボディガードってことで」

　トーニャの勝手な提案にもまったく動じず、ネトは「俺は構わん」と気さくに応じた。

「あ、だったらネト。ボディガード兼ハウスキーパーってことで、ついでに片づけも手伝ってくれるかい?」

ロブの厚かましい申し出に苦笑を浮かべ、ネトはスペイン語で「オラレー」と答えた。

「じゃあ俺は今からプロフェソルのために、皿でも洗ってこよう」

ネトが腰を上げるのと同時に、他のみんなもソファから立ち上がった。


トーマス・ケラーから電話がかかってきた日のことは、今でもよく覚えている。あれは五年前の、寒い冬の夜のことだった。

「やあ、ロブ? 今、少し話せるかな」

若い男の気さくな声。ロブはてっきり知り合いの誰かだと思い、名前を尋ねた。彼ははにかむような笑い声をもらし、自分が今、世間を騒がせている耳切り魔だと答えた。

ことの発端は、さらに一年半前へと遡《さかのぼ》る。ポトマック川沿いの自然公園で、両耳を切り取られた若い女性の絞殺死体が発見された。乱暴された形跡はなく、死後およそ二日が経っていた。

それ以降、一年半の間に同様の事件が三件起きた。いずれも被害者は若い白人女性で、全員が金髪の持ち主だった。発見場所がヴァージニア州、メリーランド州、ワシントンＤＣと州を跨《また》いでいたため、捜査はＦＢＩの指揮下で行われたが、有力な手がかりもないまま事件は混迷を深めていた。

最初、ロブは悪戯電話だと思った。マスコミが騒ぎ立てる事件の犯人だと言い張る馬鹿は、驚くほど多い。しかし話をしているうち、次第に電話の相手は本物かもしれないと思うようになった。

ロブはＦＢＩに勤務する友人のプロファイラーから、この事件について助言を求められていたので、世間に公表されていないいくつかの事実を知っていたのだ。その男も犯人しか知り得ないような内容を、ロブに語って聞かせた。自分が本物であることを納得させるためだろう。ケラーは「君の書いた記事を読んだけど、とても面白かった」と言い、ロブのプロファイリング能力の高さを褒め称えた。ただし、いくつか間違った点もあるとして、ご丁寧に現実と違う部分を指摘してきた。ロブは彼が理解者を求めていると考え、またいつでも電話をかけてくれと言った。

ロブは彼が必ず二度目の電話をかけてくると踏んで、ＦＢＩと共に逆探知を試みた。思ったとおりケラーは再び電話をかけてきて、その後も定期的にロブと話をしたがった。

調査の結果、彼は殺された女性たちの携帯電話を使っていることがわかった。しかし電波の中継基地は特定できたが、いつも違う場所から電話をかけてくるため、ある程度まで区域は絞れたものの、自宅を捜し出すまでには至らなかった。

ケラーは不思議な男だった。口調は穏やかで態度も紳士的。ロブが挑発しても誘いに乗ってこず、多弁なのに決してボロを出さない。この手の犯人にありがちな、感情の起伏が激しいタイプではなく、どんな時も冷静に振る舞える頭のいい男だった。

最初の電話から三か月が過ぎた頃、あの事件が起こった。ケラーがロブの自宅に、新しい被害者の左耳を送りつけてきたのだ。嫌がらせではない。彼なりの親愛の証だった。恋人同士がペアのペンダントを持つように、大事なコレクションの片方をロブに分け与えようとしたのだ。

しかしケラーの事件で、捜査関係者としてロブの名前は一度も表舞台に出ていない。家に耳が届いた時も箝口令《かんこうれい》が敷かれ、マスコミにもケラーが知人男性に被害者の耳を送りつけたと発表されただけだった。だから幸いにして、マスコミに追いかけ回されるという不幸だけは体験せずに済んだ。

なぜ、今頃になって――。

ロブはリビングのソファで分厚いファイルを開いたまま、深い吐息を落とした。そこには当時、自分なりに集めた資料が綴じられている。穏やかに微笑んでいるケラーの顔写真を眺めていると、なんとも言えない憂鬱《ゆううつ》な気分になってきた。

トーマス・ケラー。逮捕時の年齢は二十七歳。清潔感のある風貌をしたハンサムな青年で、職業はハードウェア開発に携わるコンピューター技師。穏和で大人しい性格だったらしく、職場での評判も上々だった。

しかし彼は狂っていた。冷静な狂気を宿した、あの無邪気な瞳。今思いだしてもゾッとする。

「――コナーズさん。コーヒーでもいかがですか」

スーツ姿のヨシュアが近づいてきた。

「いいね。じゃあ、君も一緒に飲んでくれないか。俺の向かい側に腰を下ろして」

「それは命令ですか」

ロブは面倒くさい気分で「いいや」と答えた。どこまでも、お堅い男だ。

「ひとりで飲むより、楽しいと思ったから誘っただけだ。嫌なら断ればいい。君に何か押しつける気はないよ。だって俺は君の雇い主じゃないからね」

ヨシュアは無言のままキッチンに姿を消した。ロブは軽い自己嫌悪を味わいながら、また溜め息をついた。つい当て擦りのような、嫌みな言い方になってしまった。

今朝、ヨシュアがやってきた時、やはり無償では気が引けるので、しかるべき報酬を支払うと申し出たのだが、けんもほろろに固辞された。根に持っているわけではないが、取りつく島のないヨシュアの事務的な態度には、少々うんざりしていた。

午前中は警察が来ていて騒がしい雰囲気だったが、今はヨシュアしかいない。静まり返った家の中で、ロブは目を閉じた。

気持ちを切り替える必要がある。事件について考えるのはいいが、過去の悪夢に気持ちを引っ張られてはいけない。どんな時でも前向きな考え方を忘れないのは、自分の最大の長所のはずだ。気が滅入る時ほど、明るく振る舞おう。

ケラーの面影を追い払い、ヨシュアのことを考えた。愛想のない男だが、有能なボディガードだ。半日一緒にいただけで彼の職務に対するストイックなまでの忠実さは、嫌というほど理解できた。

警察がいる間、ヨシュアは家中を丹念に見て回り、侵入経路になり得る場所を徹底的にチェックした。それから会社から借りてきた監視カメラを表玄関と裏の勝手口にセットし、真剣な顔でモニターの映り具合を確認していた。

警察が引き上げた後で、ロブが近所のスーパーマーケットまで買い物にいきたいと言うと、ヨシュアは同行して完璧なボディガードぶりを発揮した。あまりにも完璧すぎて、まるで政府要人にでもなったような気分だった。

「お待たせしました」

ヨシュアがトレイを持って戻ってきた。その上にはふたつのコーヒーカップ。

「失礼します」

礼儀正しく断ってから、ヨシュアはソファに腰を下ろしてカップを両手で抱えた。

「ヨシュア。さっきは嫌みな言い方をして悪かった」

考えてみれば通常の業務で、警護対象者と呑気にお茶を楽しむことなどないはずだ。たとえボランティアであっても真面目なヨシュアにすれば、気持ちの面でいつもの仕事と同じなのだろう。

「いいえ。コナーズさんが気にすることはありません。私は自分の勝手でボディガードを申し出たのです。それにあなたが私の態度をご不快に思われるのは、無理のないことです。私は愛想笑いもできない、面白みのない人間ですから」

嫌みかと思ったが、ヨシュアの表情に何かを揶揄《やゆ》するような色合いはなかった。

「別に不快ってわけじゃないよ。少々、息はつまるけどね」

変に取り繕うより、腹を割って率直に喋ったほうがいいようだ。ヨシュアは確かにジョークの通じない相手だが、その代わり驚くほど真面目だ。何を思って自分のボディガードを志願したのか知らないが、彼なりにベストを尽くしているのはわかる。

「ひとつお願いがあるんだけど。俺のことはロブと呼んでくれないか。堅苦しいのは嫌いなんだ。あ、言っておくけど命令じゃないよ？　あくまでもお願いだから」

ロブが明るく言うと、ヨシュアはぎこちなく頷いた。

「わかりました。——では、ロブ。私からも警護にあたって、いくつかお願いしたいことがあります」

「何？」

「さっき買い物に出かけた時、あなたは私の前を歩こうとした。それに車からもさっさと降りてしまった。ああいうのはとても困ります。絶対にやめてください。どんな時でも私がいいと言うまで、勝手に動かないでいただきたい。建物の出入り然り、車の乗り降り然り」

「わかったよ。家のトイレに入る時でもどんなにもれそうだろうが、君がいいと言うまでは我慢する」

いっさいの笑いなし。ロブは敗北感を噛《か》みしめながら、心の中で小憎らしい男に語りかけた。

オーケー、ベイビー。君は筋金入りの鉄の男だよ。いっそのこと押し倒して、全身をくすぐってやりたいけど、それは最終手段に取っておく。実力行使は好きじゃないんでね。

「ヨシュア。君が一生懸命なのはわかるけど、あまり神経質になる必要はないと思うよ。暗殺予告を受けた大統領でもあるまいし」

冗談交じりに文句を言ったら、厳しい顔で反論された。

「大統領は平時においても、シークレットサービスより先に車を降りたりしません」

「まるで実際に大統領の警護をしたみたいな口ぶりだね」

「警護はしていませんが、職務中に何度かお会いしたことはあります」

「え？」

ロブが目を瞠《みは》ると、ヨシュアは「過去の話ですが」と言い添えた。

「ひょっとして、君はシークレットサービスの捜査官だったのか？」

「はい。去年の秋まで、副大統領のご家族の警護を担当していました」

シークレットサービスは、国土安全保障省の管轄下にある警察機関のひとつだ。要人警護だけではなく、テロ行為の取り締まりや経済犯罪の捜査も行っている。その中でも要人を警護する私服の捜査官は、選りすぐりのエリートたちだった。

「驚いたな。どうして辞めたの？」

シークレットサービスを退職して、なぜ我《わ》が儘《まま》なセレブたちのボディガードをやっているのだろうか。同じ職種かもしれないが、やり甲斐《がい》という点から見れば雲泥の差があるはずだ。

「一身上の都合です」

簡潔に答えられると、あれこれ聞くのも憚《はばか》られる。仕方なく、ＬＡの暮らしにはもう慣れたのかと、差し障りのない質問を投げかけると、ヨシュアは十代までＬＡに住んでいたことを明かした。

「奇遇だね。俺もＬＡ出身だけど、ＤＣの大学で教鞭《きょうべん》を執って、またＬＡに戻ってきたんだ。最初の頃はあっちの寒さがこたえたな。凍ったポトマック川を見た時は、とんでもない街に来てしまったと後悔したよ。でも春になって川沿いの桜が満開になると、いやいや、最高の街じゃないかって思ったりしてね。君も桜祭りに行った？」

「ええ。スミソニアン地区のあたりを歩くのが好きでした。気が向けば動物園にも立ち寄ったり」

思いがけず共通点を見いだし、ロブは嬉しくなった。

「本当に？　俺もあそこにはよく遊びに行ったよ。パンダの夫婦が可愛くてさ。確か牡がティアンティアンで、牝がメイシャンだったかな。俺がＬＡに戻った後、赤ちゃんが生まれたんだよね。見たことある？」

「はい。子供はタイシャンという名前です。もうすっかり大きくなってますよ」

「そうか。見たいなぁ。パンダって奴は、なんであんなに愛嬌があるんだろうね。こうさ、両手で笹を持ってムシャムシャ食べるところなんて、可愛すぎてたまらないよ」

身振りを交えてパンダの動きを再現したら、ヨシュアが小さく吹き出した。

「……失礼」

すぐに謝ったものの、よほど可笑《おか》しかったのかヨシュアの笑いは止まらなかった。拳で口もとを隠しながら、小刻みに肩を震わせている。

「そんなに間抜けに見えた？」

「い、いえ。……すみません、笑ったりして」

ヨシュアが姿勢を正して表情を引き締めた。笑顔が消えたことを残念に思いつつ、ロブは「構わないよ」と優しく答えた。

「昨日から、どうにか君を笑わせてやりたいと思っていたからね。やっと目標が達成できて嬉しいよ」

ロブの言葉を聞いて、ヨシュアは気まずそうに視線をそらした。

「自分でも無愛想なのは、よくわかっているんです。申し訳ありません」

「いいさ。愛想笑いはできなくても、君の本当の笑顔を見せてもらったし。さてと。パンダの話で意気投合できたことだし、これで突っこんだ話もできそうだ。聞いてもいい？」

「なんでしょう」

「どうして俺のボディガードを買ってでたの？　悪いけど、ただの善意とも思えない。もしかして君は、トーマス・ケラーと関わりのある人なのかな？」

口早に言い切ってヨシュアの反応を見る。緑の瞳に動揺が浮かんでいた。ビンゴのようだ。

「被害にあった女性たちの中に、知り合いがいたんだね？」

今度はもっとはっきりした変化があった。

「どうして……」

ヨシュアが呟いた。その声はわずかに震えている。

「どうしてわかったのかって？　プロファイリングと同じだよ。与えられた情報から有効なものだけ残して、対象を絞り込んでいく。確率論だから当たることもあれば、外れることもある。でも君に関しては当たったようだ」

昨日から、もしかしたらと考えてはいたのだ。送りつけられた誰かの耳を見つめていた時の、あの瞳。瞬きすら忘れたように凝視しているヨシュアを見て、違和感を覚えた。恐怖でも嫌悪でもなく、沸々と湧き上がる怒りを抑え込んでいるようだった。

ボディガードを志願した時点で違和感は疑問に変わり、ヨシュアが去年までＤＣに住んでいたと知って疑問は確信に変わった。本人が喋りたくないと思っていることを暴くのは、ロブとしても本意ではないのだが、しばらく生活を共にする以上、ヨシュアの本当の目的を知っておく必要がある。

長い沈黙の後、ヨシュアが静かに喋り始めた。

「あなたの言うとおりです。私の姉はトーマス・ケラーに殺されました」

予想していたこととはいえ、被害に遭ったのがヨシュアの近親者だと知り、衝撃を受けずにはいられなかった。

「……もしかして、君のお姉さんはシェリー・モーハン?」

ヨシュアが瞠目《どうもく》した。これも正解だ。

「そうだったのか。だから見覚えがあるように思ったんだな。……うん、似てる。目の形と唇のあたりがそっくりだ。写真でしか知らないけど、君のお姉さんもすごく美人だったね」

「姉のこと、覚えていてくれたんですか」

ヨシュアの声には、ある種の感激が含まれていた。気持ちは痛いほど理解できた。この国では毎日のように、凶悪な事件が起きている。だがどんな悲惨な事件であろうと、月日と共に人々の関心は薄れ、瞬く間に過去の出来事になってしまう。家族にすれば、たまらない現実だろう。

「ああ。確か彼女は結婚していたよね。だから君と名字が違っていたのか」

「はい。ケラーが逮捕される三年前に結婚し、その一年後に行方がわからなくなりました。俺が大学生の時です」

シェリー・モーハンは遺体が見つからなかった、哀れな三人のうちのひとりだった。ケラーの自宅から押収された耳を調べた結果、夫から捜索願の出ていたシェリーとＤＮＡが一致したことで、彼女が犠牲者であると判明したのだ。

「その、なんて言っていいのかわからないけど、お姉さんは本当に気の毒だった。せめてご遺体だけでも、家族のもとに帰ってくればよかったんだけど」

殺されたことはもちろんだが、家族にとって遺体が見つからないという現実ほど、耐え難い苦痛はないだろう。大切な存在を手厚く葬ってやれない悲しみと悔しさは、想像するだけで痛ましい気持ちになる。

「……あなたは逮捕後のケラーと何度も会って、三人の被害者たちをどこに遺棄したのか話すよう、必死で説得してくださったと聞いています」

「確かにそういうこともあったけど、なぜ君が知っているんだい？」

ＦＢＩは最後までロブの存在を公にしなかった。それはロブ自身の希望であり、ＦＢＩの意向でもあった。外部の人間の力を借りている事実を知られたくないのは、どこの組織でも同じことだ。一部のマスメディアは、ある犯罪学者が捜査に協力しているようだと報じたが、個人を特定できるほどの内容ではなかったはずだ。

「姉の夫の叔父が、地元の警察に勤めていました。彼も捜査に参加していたので、個人的にいろいろと情報を集めてくれたんです」

「そうだったのか。……じゃあ、君は以前から俺のことを知っていたんだな。ディックから誘われた時は、すごい偶然に驚いただろう？」

ヨシュアは不意に唇をゆるめた。

「驚きましたよ。玄関のドアを開けたら、あのロブ・コナーズが立っていたんですから」

「え？　まさか、うちに来るまで知らなかったの？」

「ディックからは、友人のロブの家に行かないかと誘われただけなので」

驚いた。では握手を交わした時、ヨシュアは内心では驚愕していたのだ。よくよく表情の動かない男だと感心してしまう。

「そろそろ、結論を聞こうかな。なぜ俺の警護を？」

「あの事件を解決に導いてくれた、あなたへの感謝の気持ち。それとケラーの犯罪を真似た、卑劣な犯人を許せないという気持ち。このふたつだけでは駄目ですか？」

動機としてはおおいに理解できる。ヨシュアの中で姉の死は、今もまだ消化されていないのだろう。だからこそロブに感謝の気持ちを持ち、ケラーへの憎しみを模倣犯に向けようとしているのだ。

澄ましたきれいな顔と、しなやかな身のこなしに騙《だま》されるところだった。ヨシュアはスマートな外見に反して、かなり不器用な男らしい。そこをきちんと理解しておかないと、彼とは上手くつき合えない。

「わかったよ。これですっきりした。じゃあ、あらためてよろしく頼むよ」

ロブが差しだした右手を、ヨシュアは静かに握り返した。


翌朝、ロブは寝不足気味の頭をすっきりさせるため、熱いシャワーを浴びてからリビングに降りた。ヨシュアはすでに起きていて、テーブルについてコーヒーを飲んでいた。ネクタイをきちんと締めたワイシャツ姿で新聞を読む姿は、一見すると出勤前の会社員のようだが、腰に装着した拳銃のホルスターだけが朝の平和な光景にはそぐわない。

「おはようございます。勝手にコーヒーをいただいています」

「ああ、なんでも好きに飲み食いしてくれ。朝ご飯はまだだろう？　今から準備するよ」

「私は結構です。朝はいつもコーヒーだけなので」

ロブは「駄目だよ」と答えて、キッチンに入った。

「朝はしっかり食べないと、いざという時、元気に動けない。言っちゃあ悪いけど、体力のないボディガードなんて魅力ないよ？」

声を張り上げて、姿の見えないヨシュアに話しかけた。返事はなかったが気にしない。気軽に「ひどいこと言うなよ、ロブ」と言い返せる性格でないことは、もうわかっている。

「ねえ、ヨシュアっ。君ってどの程度のベジタリアン？　駄目なのは肉だけ？　それとも卵も食べないラクト・ベジタリアン？」

エプロンをかけながら叫ぶと、ヨシュアがムッツリした顔つきでキッチンに入ってきた。家の中で怒鳴り合う趣味はないらしい。

「肉以外は大丈夫です。……手伝います」

「そう？　じゃ、冷蔵庫から卵を三つ出して、ボウルで溶いてくれないか」

「独り暮らしなのに、毎朝ちゃんと朝食をつくっているんですね」

慎重な手つきで卵を割りながら、ヨシュアが言った。ロブが「嫌みかい？」と振り向くと、ヨシュアは「違います」と即答した。

「えらいと思って言ったんです。……嫌みに聞こえたなら申し訳ありません」

「冗談だよ。シリアルやドーナツだけで済ませて、野菜不足をビタミン剤でカバーするっていうのは好きじゃないんだ。何より俺は食べることが大好きだから、美味しいものをつくるのも大好き。君はなぜ肉を食べないの？　身体のため？　宗教上の理由？」

ヨシュアは卵を混ぜる手を止め、「いえ」と首を振った。

「ただ食べたくないんです。身体が受けつけないというか」

昔からなのかと聞くと、ヨシュアは五年前からだと答えた。それを聞いて、ロブは根深いなと思った。姉のシェリーの死はヨシュアの精神に、多方面から悪影響を及ぼしているようだ。

できあがった料理をふたりで食べた後、ロブはヨシュアが淹《い》れてくれたコーヒーを飲みながら、新聞に目を通した。『耳切り魔、LAに現る』という大きな見出しつきで、今回の事件が報じられている。特に目新しい情報はなかった。ケラーが起こした過去の事件の紹介や、生活反応がないことから被害者は死後に耳を切断されたらしいこと、警察が被害者の身元を捜査中だということ。そんなところだ。

「今日のご予定は？」

「午後から大学で講義がある。あ、渋い顔したって駄目だよ。俺は客員教授で講義はたまにしかやらないから、絶対に休めない」

先手を打って言うと、ヨシュアは講義中もそばにいてもいいかと尋ねてきた。

「いいけど、学生たちと一緒に座ってもらう。君みたいなハンサムが俺の横にいたら、女の子たちがそわそわしちゃって、講義を聴いてくれなくなるから」

半分ほど本気で言ったのだが、ヨシュアは「まさか」と素っ気なく答えただけだった。自分の容姿が特別だとは思っていないようだ。

「コーヒーのお代わりをお持ちしましょうか？」

「ああ。頼むよ」

ヨシュアが立ち上がろうとした時、ロブの携帯が鳴った。着信を確認するとパコからだった。

「やあ、パコ。昨日はありがとう。……いや。……ああ、そうか。ちょっと待って」

急いでペンを持ち、メモ帳にパコの言葉を書き留めていく。

「わかった。……ああ、こっちは大丈夫だ。ヨシュアが一緒だし。何かわかったら、また連絡してくれ」

電話を切ると、怒りをたたえた緑の瞳と視線がぶつかった。

「被害者が見つかったんですね」

「ああ。あの耳の持ち主は、十九歳の学生、アンナ・ジャクソン。白人で金髪。死因はやはり絞殺だった。ダウンタウンのクラブを出た後、行方がわからなくなっていたそうだ」

「ケラーの時とまったく同じじゃないですか」

ヨシュアは愕然とした表情を浮かべた。

「ああ。ケラーが俺に耳を送ってきた時の被害者も、十九歳の学生だった。彼女もクラブを出た後、連絡が取れなくなって、二日後に林道の茂みで発見された」

「今回の被害者はどこで発見されたんですか？」

「グリフィスパークだよ」

「近い……」

ヨシュアが独り言のように呟いた。ロブの家があるパサデナから、十マイルも離れていない。

車を飛ばせば、すぐに辿《たど》り着ける自然公園だ。

「犯人の意図はどこにあるんでしょう。ケラーの犯行をそのまま繰り返しています」

「さあね。模倣犯だという事実以上のことは、まだ何もわからない」

「本当に？」

探るような目つきで見られ、ロブは逆に「なぜ？」と聞き返した。

「あなたは優れた頭脳と鋭い洞察力を持っています。すでに犯人像の輪郭を、頭に描いているんじゃないですか？」

ロブは苦笑して首を振った。

「あんまり俺を買い被《かぶ》らないでくれ。これだけの情報じゃ、まだ何もわからないよ」

「ですが、昨日パコと犯人について話していましたよね」

「ああ、あれか。単なる可能性の話だけどね」

パコの報告でわかったのだが、手紙はやはり手動式のタイプライターで書かれていた。使用されたタイプライターは、オリベッティ社が一九八〇年初期に販売していたもので、ケラーが使っていたのと同機種だった。タイプライターといい文面といい、犯人は完璧な模倣に固執している。病的なものを感じたが、それ以上に不気味なのは、なぜ犯人がそれらの事実を知っていたのかという点だった。

「逮捕以降、完全黙秘を貫いたケラーは、刑務所の中でも沈黙を守り通しているらしい。この五年間、彼の声を聞いた人間はひとりもいないそうだ。外部とも連絡はいっさい取り合っていない。それらを踏まえて乱暴に推理するなら、犯人は当時の捜査に参加していた事件関係者か、ケラーが親しくしていた相手ということになる。もし後者なら最悪だな。その人間はケラーの犯罪を知っていて、見過ごしていた可能性が出てくる」

ヨシュアにそう説明しながらも、ロブは釈然としないものを感じていた。模倣犯が捜査関係者にしろケラーの身近な人間にしろ、なぜ今なのか。

「五年も経ってから、なぜ同じ犯行を？」

ヨシュアが考え込むような表情で、疑問を投げかけてきた。やはり同じ点が引っかかるらしい。

「俺も不思議に思っている。単なる模倣犯であればそれほどおかしくはないが、あの事件に何かしらの形で関わっていた人間の仕業なら、今さら騒動を起こす動機がまったくわからない。仮に犯人をケラーの知人だとしよう。その誰かはケラーの死刑執行を阻止するため、かつての犯罪を再現して真犯人は別にいると思わせたかったのか？」

「……それならケラーが逮捕された直後にやったほうが、より効果的じゃないですか？」

「そのとおり」

出来のいい生徒を褒めるように、ロブは大きく頷いた。

「いずれにしろ、犯人の狙《ねら》いが――」

ロブの言葉を遮るようにチャイムの音が鳴り響いた。立ち上がって窓から外をのぞくと、ポーチにジョージが立っていた。顔馴染みの若い郵便配達人だ。ロブが説明して玄関に向かうと、ヨシュアも念のためについてきた。

「こんにちは、コナーズさん。速達です」

ジョージは愛想のいい笑みを浮かべ、一通の手紙を差しだしてきた。まだソバカスの残る、あどけない風貌の青年だ。

「ハイ、ジョージ。今日は早いね。いつもありがとう」

受け取ってドアを閉めると、ヨシュアは「いつも彼が配達を?」と尋ねた。

「ああ。明るくて気持ちのいい子だよ。……ん?」

手紙を裏返しにして、ロブは眉間《みけん》に皺を刻んだ。差出人の名前がなかったのだ。表書きの文字はタイプライターで書かれている。

「……キッチンの引き出しに、使い捨てのナイロン手袋がある。持ってきてくれないか」

ヨシュアは何も聞かず、素早くキッチンに向かった。嫌な予感を覚えながら、ロブがリビングのテーブルで待っていると、すぐにヨシュアが薄手のナイロン手袋を持って戻ってきた。それを両手にはめ、用心深く封を開いて便せんを取りだす。

白い便せんにタイプライターの文字。思ったとおり、それは犯人からの手紙だった。

『親愛なるロブ。プレゼントは喜んでもらえたかな。昔を思いだして懐かしかっただろう?次も以前と同じようにやるつもりだ。今度はふたつ揃えてコレクションにするよ。並べると、きれいなハート型になるだろうな。――君の古い友人より』

ロブは便せんを引き裂きたい衝動を必死でこらえ、「くそっ」と呟いた。これは明らかに犯行予告だ。

「この模倣犯は、あくまでも自分をオリジナルの耳切り魔だと言いたいようですね」

「ああ。相当に頭がいかれている」

携帯を手に取り、パコの番号を呼び出した。コール音を聞きながら、ロブは思った。

次の犯行を未然に防ぐために、今の自分に何ができるのだろう?


ロブは校舎を出て、考え事をしながら駐車場へと向かっていた。今の一番の気がかりは、日を追うごとに加熱していくマスコミの報道だ。彼らは事実だけではなく、勝手な憶測まで断定的に垂れ流す。それらが犯人を刺激して次の犯行を早める可能性があるだけに、頭の痛い問題だった。

空は黄昏《たそが》れ、辺りは暗くなり始めていた。大学の職員専用駐車場にひとけはない。ロブはドアを開けて、運転席に乗り込んだ。

エンジンをかけようとした時、突然、首に強い衝撃を受けた。同時にGがかかったように、シートに後頭部を叩《たた》きつけられる。

一瞬、何が起こったのかわからなかったが、すぐに後ろから首を絞められていると気づき、ロブは咄嗟《とっさ》に喉へと手をやった。だが細いヒモのようなものは肌に強く食い込んでいて、どうしても摑《つか》めない。

急所をものすごい力で締め上げられ、瞬く間に呼吸困難に陥った。気道と頸動脈《けいどうみゃく》の閉塞《へいそく》。舌が自然と口腔の中で持ち上がる。ロブは苦悶《くもん》の声を漏らすこともできないまま、眼球だけを動かしバックミラーを見た。

鏡の中で若い白人男性と目が合った。男が微笑《ほほえ》んだ。

「やあ、ロブ。驚かせてすまない。君に用があって、車の中で待っていたんだ」

目の端にナイフが見えた。凶器を目の当たりにしても苦痛が強すぎて、恐怖を感じる余裕すらない。酸素不足で頭が激しく痛む。頭蓋骨《ずがいこつ》が今にも破裂しそうだ。

「君の耳が欲しいんだ。大切にするから、いいよね？」

ロブは朦朧《もうろう》としながら、耳のつけ根に刃物の冷たい感触を感じた。

「腐らないようホルマリンに漬けて、毎日眺めるんだ。嬉しいな。……ねえ、知ってる？　切り取った両耳をくっつけて並べると、ハート型になるんだ。だから本当は両耳が欲しいけど、片方だけで我慢する。君に嫌われたくないからね」

歌うように囁《ささや》いた男の声は、不気味なまでに優しい。

「きれいに切り取ってあげるよ。ヘマはしない」

歪《ゆが》んだ視界に黒いハンドルが映る。ロブは最後の力を振りしぼって、手を伸ばした。指がハンドルにかすったが、思うように目当ての場所を押せない。絶望感に負けそうになる。

その時、ナイフの刃先が右耳に食い込んだ。鋭い激痛を感じるのと同時に、ゴリッという肉を断つ音を聞いた気がした。


「……っ」

幻痛のせいで、唐突に夢から覚めた。心臓が激しい鼓動を打っている。ロブは薄暗いリビングのソファに横たわったまま、急いで右耳のつけ根に手をやった。夢だとわかっていても、確かめずにはいられなかったのだ。

——大丈夫だ。ちゃんとある。傷もないし、血も出ていない。

「どうかしましたか」

深い息を吐いて顔を撫《な》でた時、控えめな声が聞こえた。テーブルを挟んだ向こう側に、ヨシュアが座っている。頭が混乱した。自分の置かれた状況が、まったく把握できなかった。彼は誰だ。今はいつだ。ここはどこだ。

だが混乱は一瞬で消え去り、ロブはすぐに自分を取り戻した。同時に今日一日の行動も思いだす。大学に行く途中、ロス市警に寄って犯人の手紙をパコに提出した。それから大学で講義を済ませ、自宅に帰ってきてからヨシュアとふたりで夕食を食べ、その後はソファに座ってノートPCを眺め、自作のデータベースの中から過去に起きた模倣犯罪をチェックしていたのだ。

「ロブ?」

ネクタイをゆるめ、ワイシャツの袖《そで》をまくったヨシュアは、気づかうような表情を浮かべてこちらを見ていた。彼の前には監視カメラのモニターが置かれている。

「いや。なんでもない。ちょっと嫌な夢を見ただけだ」

壁時計の針は深夜ちょうどを示していた。途中で寝転がってつらつらと考え事をしていたのだが、そのまま寝入ってしまったようだ。

身体を起こしてから、身体に毛布が掛かっていることに気づいた。

「毛布、ありがとう。……俺、うなされていた?」

ヨシュアは「少しだけ」と答え、肘掛けに乗せた右手に頭を預けた。長い足を優雅に組み、頭を傾ける姿はどこか物憂げだ。もしかするとモニターを眺めながら、彼も過去の嫌な記憶を辿《たど》っていたのかもしれない。

「悪い夢でも見たんですか」

「まあね。昔のことを思いだしていたんだ。ものすごくリアルだったな」

「もしかして、ケラーに襲われた時のこと?」

ロブは軽く息を呑み、ヨシュアの端整な顔を見つめた。

「そのことも知っていたのか」

「詳しくは知りませんが、ケラーはあなたを襲ったことで逮捕されたと聞いています。あの男はあなたを殺そうとしたんですか？」

　この話は誰にもしたことがなかったが、ヨシュアならいいと思った。彼には聞く権利がある。

「ケラーは俺の車の中に潜んでいた。何も気づかずに運転席に座った俺は、後ろから首を絞められ、耳を切り落とされそうになった。俺は意識を失いかけながらも、必死でクラクションを押した。運よく近くに警備員がいて助かったんだ。俺の耳はナイフで三分の一ほど切られたけど、優秀な外科医のおかげで今もちゃんとくっついている。傷は少し残ったけどね」

　絶句しているヨシュアに、ロブはあえておどけるように笑いかけた。もう昔の話だし、今さら深刻な空気は持ち込みたくない。

「ケラーはどうしても俺の耳が欲しかったみたいだ。そこまで愛されて、光栄というか恐ろしいというか。いまだになぜ彼が他人の耳に、あれほど執着していたのかわからないな」

「あなたを襲った時、ケラーに殺意は？」

「おそらくはなかった。でもあのまま首を絞められていたら、どうなっていたのかわからない」

　躊躇《ため》うようにヨシュアが言った。

「……もし嫌でなければ、耳の傷を見せてもらってもいいですか？」

ロブは「構わないよ」と答え、右耳をヨシュアに向けた。そばで見るために、ヨシュアが立ち上がって近づいてくる。

ヨシュアはまるで怖々《おずおず》といった手つきで、遠慮がちに触れてきた。長い指がそっと髪をかき上げ、ロブの耳のつけ根があらわになる。

「痛かった?」

どこか怯《おび》えを感じさせる、子供のような聞き方だった。

「少しね」

くすぐったさをこらえ、ロブは答えた。実際は病院のベッドで痛みにのたうち回ったのだが、これくらいの見栄を張っても罰は当たらないだろう。

傷痕を確かめるように、耳の上をゆっくり滑っていたヨシュアの手が止まる。同時にロブの膝に何かが落ちてきた。温かい雫《しずく》だった。それが一粒、また一粒と落ちて、ロブの膝を濡《ぬ》らしていく。

「……すみません」

震える声でヨシュアが謝った。

「いいよ。お姉さんのこと、思いだしてしまったんだね」

ロブの傷痕を見て、シェリーの耳が切り取られる場面を想像してしまったのかもしれない。可哀想にと思いながら顔を上げると、ヨシュアは赤い目で唇を強く引き結んでいた。あふれる感情を必死で抑え込もうとしているようだ。

「ここに座って」

ヨシュアの腕を引き、隣に座らせた。

「悲しい時に涙を我慢するのは身体によくない。科学的にも立証されているよ」

「……本当に？」

「ああ。悲しい時や辛《つら》い時に出る涙には、コルチゾールというストレスホルモンが含まれている。人は泣くことで、ストレスを体外に放出しているんだ。だから泣くとすっきりした気分になる」

ヨシュアの頬を軽く叩いて、ロブは優しく微笑んだ。

「だから悲しい時は泣きなさい。大切な人のことを想って泣くのは、ちっとも恥ずかしいことじゃない。君の男前な顔が涙と鼻水でぐしゃぐしゃになっても、俺はまったく気にしないから」

ヨシュアは笑いかけたが、その顔はすぐに歪《ゆが》み、泣き顔へと変わってしまった。嗚咽《おえつ》を漏らし始めたヨシュアの頭を、ロブは思わず胸に抱き寄せていた。

「シェリーのことを、とても愛していたんだね」

ヨシュアの頭が小さく揺れた。愛する者を失った悲しみは、どれだけ月日が流れようと消えるものではない。少しずつ薄まっていくが、決してなくなりはしないのだ。それはいつまでも心の奥底に存在し続け、何かの拍子に頭をもたげてくる。

「……私もよく夢を見るんです」

「そう。どんな夢？」

ヨシュアはロブに頭を預けたまま答えた。

「姉の夢です。悲しそうな顔で言うんです。ヨシュア、私を捜してって……。シェリーの墓地には遺体がない。あそこに埋まっているのは、彼女の耳だけです。姉の魂は今も天国に行けず、闇の中を彷徨《さまよ》っている気がしてたまらない」

死者は悲しまないし、無念を語りもしない。だからこそ残された者は想像してしまうのだろう。死者の苦しみを、悲しみを、悔しさを。わかってやれるのは自分だけだと思うことで、知らず知らずのうちに、多くのものを背負い込んでしまう。

シェリーの遺体が見つからない限り、ヨシュアはこれからも同じ夢を見続けるのかもしれない。たまらない話だった。

ヨシュアの髪に慰めのキスを与えながら、ロブは胸の中で嘆息した。五年も経ってからケラーの模倣犯が現れ、あの事件で心に傷を負ったひとりの青年と出会った。これは一体、どういう偶然なんだろう。ロブは運命論者ではないが、因縁めいたものを感じずにはいられなかった。

「――ヨシュア。ケラーに会ってくる。何も聞けないかもしれないけど、必要なことだと思うんだ。君も一緒に行くかい？」

ヨシュアは顔を上げ、食い入るようにロブを見つめた。聞かなくても、彼の返事はわかっていた。

「はい。同行させてください」

硬いベンチシートに座り、目を閉じて考え事をしていると、リノリウムの床を踏むキュキュッという足音が近づいてきた。

「どうぞ」

ロブはヨシュアの声に目を開け、礼を言って紙コップを受け取った。ここ数日の間でロブにコーヒーを出すのは、すっかりヨシュアの役割になってしまっている。

ヨシュアは隣に腰を下ろしてから、澄ました顔で自分のコーヒーに息を吹きかけ始めた。唇を尖《とが》らせ何度もフウフウとやっている姿に、ロブは笑いそうになった。

彼についての知識がまたひとつ増えた。ヨシュアは猫舌らしい。そういえばロブの家でも淹《い》れたてのコーヒーには、すぐ口をつけなかった。もしかしてフウフウしたいのを我慢していたのだろうか。

「陰気な場所ですね」

「刑務所に来るのは初めて？　まあ、確かに素敵な場所ではないね。でも日曜日に来ると、面会室は大勢の家族たちであふれていて、また違った印象を受けるよ」

「あなたは刑罰問題や刑務所の実態についても、研究されてますよね。なぜですか？」

「刑務所は興味深い場所だ。刑務所を見れば、その国の人権に対する考え方や刑罰システムの問題点がわかる。……犯罪にまつわる現実を調べていると、この国の持つ大きな歪みに気づかされるよ。アメリカ人は世界の人口の五パーセントにすぎないのに、猟奇殺人や快楽殺人のほとんどはこの国で起きている。アメリカは死刑大国であり刑務所大国でもあるのに、それらは犯罪抑止に繋《つな》がっていない。この国はどうしてここまで歪んでしまったのか」

　ロブは言葉を切り、コーヒーに口をつけた。

「堅い話はこのへんでやめておこう。今は模倣犯の暴走を阻止することが、一番の重要課題だ」

　ヨシュアが「そうですね」と答えた時、面会室のドアが開いてパコとマイクが出てきた。ふたりとも、上司にこっぴどく叱《しか》られたような冴《さ》えない表情をしている。

「その顔だと、成果はなかったみたいだね」

「そのとおりだよ、先生。ありゃ、完全にイッちまってるぞ」

　ぼやくマイクの隣で、パコも苦り切った表情をしている。

「やっぱりケラーはひとことも喋《しゃべ》らなかった。彼から手がかりを引きだすのは難しそうだ。どうする、ロブ？」

パコの問いかけに「もちろん会うに決まってる」と答え、ロブは立ち上がった。

「ヨシュア、おいで。……大丈夫だね？」

ヨシュアは少し緊張した面持ちで頷き、ロブの後に続いた。パコがふたりのためにドアを開けてくれる。ロブはゆっくりと面会室の中に足を踏み入れた。

透明のアクリル板の向こうに、トーマス・ケラーが座っていた。以前は短かった髪が肩まで伸びているが、それ以外は昔とそれほど変わっていない印象を受けた。

「やあ、トーマス。久しぶりだね。覚えてる？ ロブ・コナーズだ」

ケラーがゆっくりと視線を動かし、ロブの顔を見た。夢を見ているように、ぼんやりとした眼差《まなざ》しだ。ケラーの目はロブを通り越して、別の何かを見ているようだった。

「後ろに立ってるハンサムな刑事さんたちから聞いたと思うけど、君のコピーキャットが現れた。どうやらその犯人は、君のことをよく知っている人物のようなんだ。犯人に心当たりはないかな」

まったく反応はない。だが答える気はなくても、彼はちゃんと言葉を聞いていた。そのことは、かすかな目の動きでわかる。

ケラーは精神異常者ではない。多くの凶悪な殺人者の脳を調べると、かなりの確率で異常が見られるが、ケラーはこれに該当しない。それに彼は逮捕されるまで、ごく普通に社会生活を送っていたし、ロブに電話をかけてきた時も自分のしていることを極めて冷静に分析できていた。何をもってして正常かと聞かれれば答えに困るが、仮に統合失調症などの精神疾患を患っていたのであれば、なんらかの症状は出ていたはずだ。

彼は他人の言葉を理解しているし、答えられる能力もある。ただ自分だけの世界に閉じこもり、意志の力で沈黙を貫いているのだ。だからロブは諦《あきら》めず、何度もケラーに話しかけた。

「ロブ。もうやめておけ。無理だ。この男は何も答えない」

パコが忌々《いまいま》しそうに口を挟んだ。

「みたいだね。……トーマス、もう行くよ」

落胆しながら立ち上がった時、アクリル板を叩く音が聞こえた。ケラーが手で叩いたのだ。

何か伝えたいことがあるのかと思い、ロブは椅子に座り直した。だが残念ながらケラーが次に取った行動は、事件とはなんの関係もないことだった。

ケラーは右手の人差し指を立て、自分のこめかみに押し当てた。それを耳の前でゆっくりと下ろしていく。耳を切断する動作だとわかった。

「もしかして、まだ俺の耳が欲しいの？」

ケラーは肯定するように、ロブに向かって微笑んだ。バックミラー越しに見た、あの時の顔を思いだす。耳の傷痕がズキッと疼《うず》くような錯覚を覚え、ロブは思わず顔をしかめた。

「君って本当に変わってるよね。俺の耳なんて、そんなたいしたものじゃないだろうに。それに耳を並べるとハート型になるとか、どうしたらそんな奇抜な発想——」

ロブは口を閉じて黙り込んだ。天啓のように、あることが頭の中でひらめいたのだ。

――おいおい、ロバート・コナーズ。お前の脳みそは、すでに老化しているのか？　なんだってこんな重要な事実を見逃していたんだ。間抜けにもほどがあるぞ。

「……ロブ？　どうしたんだ」

パコが訝《いぶか》しげに顔をのぞき込んできた。

「パコ。ケラーは犯人が誰か知っている」

小声で告げると、パコは「なんだって？」と瞠目《どうもく》した。

「理由は後で話すよ。――ねえ、トーマス。模倣犯はやっぱり君の知り合いのようだ。それもかなり親しい相手らしい。その相手は君の犯行について、すべて知っている。なぜなら、君が詳細に教えたからだよ」

ケラーは無表情にロブだけを見つめていた。耳の話以外は興味がないようだ。

「その相手が誰か教えてほしい。どうしても知りたいんだ。次の犠牲者が出る前に、なんとしてもね。もし教えてくれるなら、俺の耳をあげてもいいよ」

「ロブ、なんてことを……っ」

ヨシュアに肩を摑まれたが、ロブは無視してケラーに話し続けた。

「いや、ちょっと待って。交換条件をもうひとつ。かつて君に殺されて、まだ遺体が見つかっていない被害者が三人いる。彼女たちを遺棄した場所が知りたい」

肩を摑んでいたヨシュアの手が、ビクッと揺れた。

「模倣犯が誰なのか。そして三人の遺体がどこにあるのか。このふたつを教えることが条件だ。君が真実を伝えてくれたら、俺の耳をプレゼントする。ただし片方だけ」

ケラーがはにかむように微笑んだ。まるで恋人にプロポーズされて喜んでいるようだ。ケラーは今すぐ答えを出す気がないのか、笑いながらゆっくりと立ち上がった。

「交換条件を飲む気になったら連絡してくれ。いいね」

背中に向かって声をかけると、ケラーはかすかに頷《うなず》いたように見えた。


「あんな交換条件を持ちかけるなんて、あなたはどうかしてる……っ」

面会室を出るなり、ヨシュアが怒りもあらわに食ってかかってきた。

「あれしか思いつかなかったんだ。そんなに怒らないで。ハンサムが台無し――」

ヨシュアを宥《なだ》めようとしたが、パコに肩を叩かれた。

「説明してくれ。なぜ模倣犯がケラーの親しい相手だとわかった?」

「犯人からの手紙だよ。あの手紙にハート型って言葉が書かれていただろう? 以前、ケラーに襲われた時、俺は彼の口から同じ言葉を聞いた。ふたつの耳を並べると、ハート型になるんだってさ」

「だから、どういうこった？」

　マイクがますますわからないというように、口をへの字に曲げる。

「俺はハート型云々《うんぬん》の話は誰にもしていないから、そのことは当時の捜査関係者も知らない。ケラーも逮捕時から一貫して黙秘しているし、刑務所に収監されてからも彼は誰とも喋っていない。つまり、わかるだろ？」

「……ケラーが模倣犯に話したってことになる。そういうことか？」

「ああ。ふたつの耳を並べたらハート型になるなんて、普通は考えつかないよね。模倣犯はケラーからそのことを聞いていたんだ。だからあの手紙にも、うっかり書いてしまった」

　パコが「だとしたら」と呟《つぶや》いた。

「犯人はケラーがヴァージニアに住んでいた時の知り合いか？」

「もしくは、刑務所の中で知り合った囚人とかね。でも死刑囚は独房暮らしだから、その可能性は低いかも。……パコ、念のためにケラーのことをよく知っている看守から、話を聞けないかな」

「よし。所長に頼んでみよう」

　事務室の隣にある応接室で待っていると、ふたりの看守がやってきた。ひとりは三十代後半くらいの恰幅のいい男で、もうひとりはヨシュアと同年代くらいの若い男だった。

　年かさのほうはチャック・メイフィールドと名乗り、若いほうはコリン・ウィリアムスと名乗った。ウィリアムスのほうは見覚えがあった。面会室でケラーの後ろに立っていた看守だ。

ケラーを担当しているというふたりの刑務官は、パコの質問に真面目に答えてくれた。やはりケラーはこの刑務所に来てから、一度も言葉を発しておらず、他の囚人ともまったく交流はなかった。外部との繋がりも皆無。誰からの手紙も電話も拒絶し、面会の申し込みにも一度も応じていない。

「ケラーは独房の中で何をしているんですか？　テレビを見たり、本を読んだりしてますか？」

「そういうことは、いっさいありません。その代わり、ケラーはよく絵を描いています。持ってきたので、ご覧になりますか？」

メイフィールドは持参した数冊のスケッチブックを、テーブルの上に並べた。開いて中を見ると、ほとんどが金髪女性の絵だった。どの絵も耳を強調して描かれている。中には耳だけの絵もあった。

「……ところどころ、紙がちぎられていますが？」

「ケラーは気に入った絵が描けると、その……どうも食っちまうみたいなんですよ。なあ、コリン。お前、何度か目撃してるだろう？」

ウィリアムスは「はい」と頷いた。生真面目そうな雰囲気がある。

「小さくちぎって食べている姿を見たことがあります。止めても聞きませんでした」

マイクが「うげぇ」と小声で呟いた。

「この一年間で、ケラーの様子に何か変化はありましたか?」

メイフィールドがどうだろうというふうに、ウィリアムスを見た。ウィリアムスのほうが、ケラーのことをよく知っているようだ。

「特に変化はありません。ケラーはとても大人しい男です。あんな恐ろしい事件を起こしたのが、信じられないほどですよ」

「そうですか。……おふたりにお願いがあります。彼の行動に何か変化があった時はロス市警に、私と連絡を取りたいような素振りを見せた時は、こちらまで即座にご連絡ください」

ロブはふたりに名刺を渡し、「よろしくお願いします」と念を押した。

四人はマダラス刑務所を後にし、マイクの運転する車で帰路についた。車中でパコは念のために、ケラーが前に収監されていた刑務所にも捜査員を派遣して、当時の様子を調べさせると言った。

「あとはヴァージニアにいた時の、交流関係の洗い直しだな。その中に居場所がわからない人物や、LAに来ている人物が見つかれば、かなり容疑者を絞り込めるんだが。……このままだと、FBIのくそったれに捜査権を持っていかれる」

「もう横やりが入ってるんだ?」

後部シートから尋ねると、助手席に座ったパコは不機嫌そうに「ああ」と頷いた。

「次の犠牲者が出たら、この事件は確実にＦＢＩの指揮下に入る」

「そうか。ロス市警の健闘を祈るよ」

パコとの会話を打ち切って隣のヨシュアを見ると、彼は疲れた表情でシートに背中を預けていた。姉を殺した男を間近で見て精神的に参っているのかと思い、ロブは「大丈夫かい？」と声をかけた。

「何がです」

冷たい横顔。抑揚のない声。疲れているのではなく、どうやらまだ怒っているらしい。帰ったらもう一度パンダの話をしなくちゃいけないな、と思いながら、ロブはヨシュアの膝を軽く叩いた。

「俺の耳ひとつで誰かの命が助かるなら、安いもんだよ」

「えっ？　あれってマジだったのかよっ？」

ハンドルを握ったマイクが叫んだ。

「ああ。どうして？」

「俺はてっきり情報だけもらって、後は知らんぷりするんだと思ってた。いや、そうしろって。そうすべきだ。もしケラーが犯人の名前を告白しても、絶対に耳なんか切るなよ」

「俺は守るつもりのない約束はしないよ。本当にケラーが犯人の名前と、三人の被害者の遺体遺棄現場を教えてくれるなら、病院に行って手術を受ける。その時はマイク、君が俺の耳をケラーに届けてくれる？」

　最後の言葉は冗談だったが、マイクはブルブルと頭を振った。

「嫌だ。断る。俺はあんたの身体をロープでグルグル巻きにして、絶対にそんな真似はさせないからな」

「その時は俺も協力するぞ。――ロブ、君がそこまでする必要はない。第一、あの様子じゃケラーは何も明かさないだろう。捜査は俺たち警察の仕事だ。あんな男に教えてもらわなくても、絶対に犯人は挙げてみせる」

　パコが力強く断言した。ロブは「そうだね」と答えたが、そう簡単に犯人は見つからないだろうと予測していた。ケラーが逮捕された時、ＦＢＩは彼の交友関係を徹底して調べたが、その中に少しでも事件に関与していそうな人物はいなかった。五年も経ってから洗い直したところで、新しい事実が浮上するとも思えない。

　約一時間のドライブを終え、ロブの自宅近くまで来た時だった。

「なんだ？　やけに人が集まってるぞ」

　マイクの言ったとおり、ロブの家の前に十数人ほどの人間がたむろしていた。道路脇には複数の車が停車している。どうやらマスコミの記者のようだ。

　車を降りた四人は、瞬く間に記者たちに取り囲まれた。

「コナーズ教授ですねっ？　例の耳切り魔の模倣犯が、耳を送りつけた相手はあなただったそうですが、その理由は?」

「模倣犯は何かメッセージを寄こしてきましたか?」

「被害者の耳を見た時、どんなお気持ちでしたっ?」

不躾《ぶしつけ》にマイクやカメラを向けられながら、ロブは「なんの話かな」としらばっくれた。ヨシュアはロブを庇《かば》うため、身体を張って記者たちを押しのけている。

「どけっ。ロス市警だ。すぐに敷地内から出ていかないと、不法侵入で逮捕するぞ!」

パコがバッジを見せて、記者たちを道路まで追い払う。その隙にヨシュアとロブは玄関に飛び込んだ。すぐにパコとマイクも入ってきたが、ふたりとも苦虫を嚙《か》み潰《つぶ》したような、ひどい顔つきだった。

「マイク、どこから情報が漏れたんだ?」

「さあな。署に戻ったら、口の軽そうな奴から締め上げていくしかねぇよ」

ヨシュアは窓から外をのぞいた後、「すぐ帰りそうにありませんね」と二人を振り返った。

「ロブ、すまない。俺たちの落ち度だ」

「いいよ、パコ。今までマスコミにばれなかったのが、不思議なくらいさ」

「けど考えようによっちゃ、マスコミが先生の周囲に張りついてるほうが、安全じゃねぇの?」

マイクの呑気《のんき》な発言に、ヨシュアがすぐに異を唱えた。

「逆です。犯人が記者のふりをして、ロブに近づいてきたらどうするんですか。……ロブ、しばらく自宅を離れるわけにはいきませんか。こんな状態では警護にも支障が出ます」

「大丈夫だよ。俺は金髪の美女じゃない」

ヨシュアはもどかしそうに、「ロブっ」と叫んで詰め寄ってきた。

「あなたはDCでケラーに襲われたんですよ？　一歩間違えれば、死んでいたかもしれない。奴の行動を完璧に模倣している犯人が、あなたを襲わないなんて保証がどこにあるんです。お願いだから、もっと危機感を持ってください」

真剣な瞳を見ていると自分のためではなく、ヨシュアのために万が一のことがあってはならないと思えてきた。本人に自覚はないだろうが、ヨシュアにとってロブの警護は一種の代償行為なのだ。シェリーを守れなかったという後悔と無念は、今も彼の精神を蝕《むしば》んでいる。ロブを守りきることで、ヨシュアは心に負った傷を克服できるのかもしれない。

「わかったよ。マリナデルレイに友人の所有しているマンションがある。いつでも使っていいと鍵を預かっているんだ。一時的にそこに移ろう。バケーションレンタルの物件じゃなく高級コンドミニアムだから、セキュリティもしっかりしている」

ヨシュアが安堵《あんど》をにじませた表情で頷いた。

「あなたのお友達は、お金持ちなんですね」

部屋の間取りを確認して戻ってきたヨシュアが、簡潔な感想をもらした。

「ああ。マリナデルレイの高層コンド、しかも最上階のペントハウスを別荘代わりに買っておいて、ほとんど使ってない。羨《うらや》ましい限りだよ」

マリナデルレイは世界最大級のヨットハーバーで、周囲にはコンドミニアムやショッピングモール、スーパーマーケット、レストラン、高級ホテルなどが立ち並んでいる。サンタモニカなどと並んで人気のあるシティリゾート地だ。

「お仕事は何を?」

「映画プロデューサー」

納得したと言わんばかりに頷き、ヨシュアは窓の外に目を向けた。バルコニーからは海が一望できる。ちょうど日没時で空も海も茜《あかね》色に染まり、えも言われぬほどに美しかった。

「ここなら安全だろう? 玄関はカメラつきオートロックで、バルコニーは独立型だ。スパイダーマンでもない限り、外からの侵入は不可能だよ」

「ええ。少なくとも、家の中にいる時は安全ですね」

パコとマイクが外に出てマスコミの人間たちを牽制《けんせい》している間に、荷造りを終えたロブとヨシュアは車で自宅を離れた。パコたちの制止を振りきって後を追ってきた記者もいたが、途中で渋滞に巻き込まれたおかげで上手く振りきれた。

「夕食をつくるから、その間にシャワーでも浴びてきたら？」

ロブの勧めに従って、ヨシュアは素直に浴室に向かった。ロブはキッチンでさっそく料理に取りかかった。来る途中、近くのスーパーマーケットで食品を大量に買い込んできたので、当分は材料に困らない。

次の犠牲者が出る前に、ケラーからコンタクトがあればいいのだが。そんなことを考えながらシンクで野菜を洗っていると、水が大きく跳ねた。

「おっと」

床が濡れてしまったので、キッチンペーパーで拭《ふ》こうと足を動かした時、スリッパの裏がつるっと滑った。危いと思った時には遅かった。ロブの身体はバランスを崩し、背中から見事に転倒してしまった。しかも咄嗟《とっさ》に身体を支えようとカウンターに手を伸ばしたので、そこにあったステンレス製の野菜入りボウルまで床に転げ落ち、とてつもなく騒がしい音が立った。

「ロブっ？　どうしたんですかっ」

腰にバスタオルを巻いただけのヨシュアが、キッチンに飛び込んできた。ロブは仰向けで床に横たわったまま、「やあ」と微笑んだ。頭と背中を強く打ってすぐに動けなかったのだが、細かくちぎったレタスを被《かぶ》った自分の姿がどれだけ滑稽《こっけい》かは、ヨシュアの呆《あき》れた顔を見れば容易に想像できた。

「大丈夫。転んだだけだから。君はシャワーに戻って」

「……驚かせないでください」

ヨシュアはロブを引っ張り起こし、周囲に飛び散ったレタスを拾い始めた。

「俺がやるよ。そんな格好では風邪を引く」

「平気です。頭を打った時は、後から目眩《めまい》や吐き気といった症状が出ることがあるので、しばらくここにいます」

ロブの具合を本気で心配しているのか、片づけが終わってもヨシュアはすぐに戻ろうとしなかった。妙に落ち着かない気分になるのは、みっともない姿を見られたからではなく、裸同然のヨシュアがいつまでもそばにいるせいだろう。

「服を着ていると細身に見えるけど、やっぱり鍛えているだけあって、いい身体をしているね」

言外に目の毒だと言っているのに、ヨシュアは「そうですか」と軽く受け流し、料理を再開したロブを見守っている。立ち去る気配のないヨシュアに、ロブはこっそり溜《た》め息《いき》を吐いた。

「あのさ。ディックから聞いてない？　俺がゲイだってこと」

「聞いています」

「だったらもういいから、早く浴室に戻れよ。俺にいやらしい目でジロジロ見られるのは、嫌だろう？」

「あなたは私のことを、ジロジロ見てなどいませんが」

ロブは憮然《ぶぜん》としながら、馬鹿正直に「チラチラ盗み見てる」と告白した。

「そうですか。でも女でもあるまいし、別に見られて恥ずかしいこともありません。減るものでもないので、見たいならお好きなだけどうぞ」

一瞬、挑発されているのかと思ったが、どう考えてもヨシュアはそんな男ではない。単に無頓着なのだろう。

「女じゃないから困るんだけどね」

ぼやいてトマトを切り始めた。するとロブの手元を見つめながら、ヨシュアが言った。

「……あなたもユウトが好きだったんでしょう？　ディックが言ってました。一度は恋敵だったと」

これには本気で驚いた。あのディックがそこまで腹を割って話すなんて、ヨシュアのことを相当に信頼している証拠だ。

しかし今となっては、ディックがヨシュアを可愛がる理由もなんとなく理解できる。ディックは軍人時代、あるテロリストに仲間を殺され、強い復讐心《ふくしゅう》に取り憑《つ》かれていた。そんなディックだからこそ、過去の事件を引きずって生きているヨシュアを、放っておけなかったのかもしれない。昔の自分を見るような気持ちがあったとしても、不思議はないだろう。

「恋敵なんて上等なものじゃない。俺は愛し合うふたりのそばを、ただウロウロしていただけだからね。要するにまったくお呼びでない、お邪魔虫だったたってわけさ」

「そういう言い方はあなたらしくない。ユウトはあなたのことを心から信頼しています」

「けど水が欲しいのにパンを差しだされても、辛いだけだ。……君は恋人はいないの？」

「いません。その必要性も感じませんし」

ロブは苦笑しながら、「必要性か」と呟いた。恋愛を必要性の有無で語る男も珍しい。

「俺はいつだって恋人が欲しいね。ひとりより愛する人と共に生きるほうが、何倍も幸せだと思うから」

「あなたなら、その気になればいくらでも恋人をつくれるでしょう？　そうしないのは、まだユウトに未練があるからですか」

「……君って怖いほど単刀直入だね。普通はものすごく聞きにくいことだと思うけど」

ヨシュアは戸惑ったように「すみません」と謝った。無神経というより、恋愛全般に対しての感受性が鈍いのかもしれない。

「ユウトのことは、もう関係ない。ただ今は、とりあえずの相手をベッドに誘いたいとは思わないだけだ。もちろん、寝てみてから本気の恋が始まることもあるっていうのは経験上知ってるけど、セックスだけで安易に結ばれても、本気で惚《ほ》れてなければすぐ駄目になるだろう？　そういう恋愛はもう嫌なんだ。俺も年を取ったってことかな」

ロブは「さて」とヨシュアを振り返った。

「もうすぐ食事ができちゃうけど、シャワーはどうするの？」

「後にします」

「だったら服を着ておいで。裸で食事っていうのもエロティックでそそられるけど、その気になってうっかり君に迫ったりしたら、投げ飛ばされてしまうからね」

「投げ飛ばしたりしません。そんなことをしなくても、腕をひねるだけで相手の動きは阻止できますから」

真顔で言い返され、ロブは「素晴らしいね」と乾いた笑みを浮かべた。


夕食後、ロブがリビングのソファでワインを飲んでいると、シャワーを終えたヨシュアがやってきた。Tシャツに膝までのハーフパンツを穿《は》いたヨシュアは、エヴィアンを飲みながら窓の外を眺めていたが、背後からのロブの視線に気づき振り返った。

「なんですか?」

「いや。そういう格好を見るのは初めてだから、なんだか新鮮でさ。なんとなく寝る時もスーツを着てるんじゃないかって思ってた」

「まさか」

ヨシュアが向かい側に腰を下ろした時、ロブの携帯が鳴った。電話はユウトからだった。

「ユウト? どうしたの?」

「どうしたのじゃないっ。ヨシュアから聞いたぞ。ケラーに会いに行ったんだって？　しかも、とんでもない条件を出したっていうじゃないか。君は学者のくせに無茶しすぎるっ」

いきなり大きな声で捲《まく》し立てられ、ロブは思わず携帯を耳から離した。ユウトがこれほど感情をあらわにして怒るのは珍しい。かなりのご立腹だ。

「ロブ？　聞いてるのかっ？」

「ああ、聞いてる。聞いてるから、そんなに怒鳴らないで。ケラーのことなら、今すぐどうこうって話じゃない。だから心配しないでくれ。……それより、そっちはどう？　捜査は順調かい？　危険な目には遭ってない？」

ロブが穏やかに問いかけると、ユウトは自分の興奮を鎮めるように、受話器の向こうで溜め息をついた。

「俺のほうはすべて順調にいってる」

「そう、よかった。心配してもらってこんなことは言いたくないけど、無茶しすぎるのはどっちかっていうと、いつだって君のほうだぞ。本当に気をつけてくれよ」

「ああ。わかってる。……ロブ、すまない。怒鳴ったりして」

「いいよ。俺のことを本気で案じてくれている証拠だ。嬉しかったよ」

電話を切る間際、「俺のいない間に馬鹿なことをしたら絶交だぞ」と釘を刺されたが、ロブは「そいつは困るな」と笑って答えるだけに留めておいた。ユウトはまだ何か言いたそうだったが、あまり時間がないらしく、「また電話する」と言い残して慌しく電話を切った。

ロブは携帯を置いて、テレビを眺めているヨシュアに話しかけた。

「いつの間に知らせたんだ？　わざわざユウトに連絡した理由を教えてくれないか」

自分の捜査で大変なユウトに、余計な心配をかけてしまった。そんな気持ちがあるせいで、どうしても尋ね方がきつくなる。ヨシュアはすぐには答えなかった。

「ヨシュア？」

答えを促すと、ヨシュアはやっと口を開いた。

「ユウトが止めてくれれば、あなたがケラーとの取り引きを、考え直してくれるんじゃないかと思ったからです」

「なぜそう思ったの？」

「好きな人の頼みなら、簡単には拒めない」

ロブは軽く吐息をついて、ソファに背中を預けた。さっきのキッチンのやり取りで、誤解させてしまったらしい。

「ユウトのことは確かに好きだけど、それはもう恋愛感情じゃない。さっきも言ったけど、彼のことはもう踏ん切りがついているんだ。だから変に気を回さないでくれ」

「でも私がお願いするより、ユウトに止めてもらったほうが効果的でしょう？」

「効果的？」

その言い方にカチンときた。ケラーとの取り引きは、ロブなりの覚悟があって言いだしたことだ。誰かに止められてあっさり考え直すくらいなら、最初から口にしなかった。たとえ相手がユウトでも、それは同じことだ。

「俺は何がなんでも、次の被害者を出したくないんだ。そのためにケラーにあんな交換条件を持ちかけた。他人から見れば自己満足だけの、青臭い正義感かもしれない。けど、これ以上の犠牲者を出したくなくて必死なんだよ。真剣なんだ。だから俺の気持ちを変えさせるための効果的方法なんて、悪いけどクソ食らえだ」

ロブが厳しい口調で言い切ると、ヨシュアはそうとわかるほどに表情を強ばらせた。自分のしたことで、ここまでロブが怒ると思っていなかったのだろう。

「……すみません。あなたの気持ちを傷つけたのなら謝ります。私はただ、どうしてもあなたに考え直してほしくて……」

悲しそうに目を伏せたヨシュアを見て、ロブはほとほと自分に嫌気が差した。確かにヨシュアのやり方はロブのプライドを傷つけたが、彼に悪意があったわけではない。むしろロブを心配しての行動だった。わかっているはずなのに、また感情的になってしまった。

思えば出会った瞬間から、ヨシュアの一挙手一投足に心を乱されている。どうしてヨシュアが相手だと、こんなにも呆気《あっけ》なく気持ちを乱されるのだろうか。彼の何が自分から平常心を奪ってしまうのか。

「ヨシュア、ごめん。きつい言い方をして悪かった」

精神的に少し参っているのかもしれないと思った。ヨシュアだけではなく、ロブもケラーの事件では後悔や挫折感を味わっている。この数日、万全な精神状態にあるとは言い難かった。

「ユウトは大事な友人だ。でもそれは君も同じだよ。まだ出会って日は浅いけど、君のことも友人だと思ってる。だからユウトの言葉だけ聞いて、君の言葉は軽んじるなんてことはない。そのことは覚えておいて」

「……はい」

重苦しい空気を払いたくて、ロブは明るく「君もどう？」とワインを勧めた。

「酒は飲まないって言ってたけど、そんなに嫌いなの？」

「嫌いではありませんが、すぐ酔う体質なので」

「一杯くらい平気だよ。ちょっとつき合ってほしいな。ひとりで飲むのってつまらないんだ」

新しいグラスを持ってきて勝手にワインを注ぐと、この状況ではさすがに断れないと思ったのか、ヨシュアはグラスを受け取りチビチビと飲み始めた。

つけっぱなしのテレビの中では映画が始まっていた。奇しくもタイトルは『ボディガード』だった。

「懐かしいな。この映画、観たことある？」

「ええ。確かケビン・コスナーが凄腕《すごうで》のボディガードで、売れっ子歌手のホイットニー・ヒューストンを守るんですよね」

「ああ。いかにも女性が好みそうなラブ・ロマンスだった。寡黙ないい男に命懸けで守られるってシチュエーションは、女心にぐっとくるだろうね。そういえば君はディックみたいに、警護対象者からベッドに誘われたことはないの？」

ディックに起こるアクシデントなら、ヨシュアに起こっても不思議ではない。タイプは違うが、どちらも甲乙つけがたいスペシャルな男前なのだから。

「あったかもしれませんが、私は警護対象者が何を言っても玄関までしか入らないので、誤解を招くような事態にはなりません」

「それって、ディックは迂闊《うかつ》だと言ってるのと同じだよ」

ロブに指摘されると、ヨシュアは急いで「違います」と訂正した。

「そう。じゃあ、自分の言葉にもう少し気をつかったほうがいいな。今の言い方だと、知らない人が聞けば、君がディックを見下していると思われかねない」

ヨシュアは教師から注意された真面目な生徒のように、固い表情で黙り込んだ。またやってしまった。よくよく、ひとこと多い男だ。

ロブはヨシュアのグラスにワインを注ぎ足しながら、「誤解しないで」と笑いかけた。

「意地悪したんじゃない。君って他人から誤解されがちなタイプのようだから、ちょっとお節介を焼きたくなったんだ。小うるさいオッサンの戯言《ざれごと》だと思って、聞き流してくれていいから」

　ヨシュアは小さく首を振り、「あなたの言う通りです」と呟いた。

「私はいつも言葉が足りない。誤解されても仕方ないと開き直ってましたが、努力することも必要ですよね。でもディックのことは絶対に見下してなんかいません。彼はすごい人です」

「君がディックを尊敬しているってことは態度でわかるよ。さっきの話だけど、きっと彼は優しすぎるんだろうね。普段はクールで素っ気ないのに、自分が大事だと思う相手には甘くなる。……ねえ、ディック、私とっても気分が悪いの。お願いだからベッドまで連れていって。なんて頼まれたら、絶対に断れないタイプだ」

　ロブが甲高い声音で言うと、ヨシュアは白い歯を見せた。笑顔が出やすくなったのはいい変化だが、押し倒して全身をくすぐってやる機会が遠ざかっていくのは、少しだけ残念だった。

「……思いだしました。この映画はラストが腑に落ちない。このボディガードは任務が終わった後、去っていきますよね。あれが理解できないんです」

　ヨシュアはテレビを見ながら、唐突に感想をこぼした。少し舌がもつれ、顔もほのかに赤くなっている。ワイン一杯で酔ってしまったようだ。

「本当に愛していたなら、ふたりで生きる道を探すこともできたはずです。結局、自分の生き方を変えてもいいと思うほどには、相手を愛していなかったということですよね」

　憤りをにじませた口調でヨシュアが言った。どうやら恋愛映画はハッピーエンドがお好きらしい。

「きっとこのボディガードは、孤独な自分が好きなんですよ」

「そうかもね。……もう一杯飲む？」

ボトルを持ち上げると、ヨシュアは赤い顔でグラスを差しだしてきた。


「ヨシュア、大丈夫？」

ベッドの端に腰を下ろして尋ねると、かすかに頭だけが動いた。

「ごめんよ。まさか君がここまで酒に弱いなんて、思いもしなかった」

酒に弱いという言葉は嘘《うそ》ではなかった。たった三杯飲んだだけで、この有り様だ。

赤い顔で寝息を立てているヨシュアを見下ろしていると、可哀想なことをしたと思う一方で、これで今夜はぐっすり眠れるだろうという安堵の気持ちも湧いてきた。

今夜、彼が三杯のワインを飲んだのは、このコンドに移ったことで一時的に緊張が解けた証拠だ。ロブの家にいた時なら、絶対に一滴も口にしなかっただろう。

ロブのボディガードになってから、ヨシュアはずっと神経をすり減らしていた。一軒家をひとりで警護するのは大変だ。それはよくわかっていたが、居場所を移せば犯人と接触するチャンスがなくなると思っていたので、できる限り自宅を離れたくなかったのだ。そんな考えのせいで、ヨシュアには気の毒なことをした。

「今夜は夢も見ないで眠るといいよ」

いたわりの気持ちを込め、額にかかった金髪をそっとかき上げた。顔を突き合わせている時はつい余計なことを言ってしまうのに、子供のようなあどけない寝顔を見ていると、思いきり優しくしてやりたくなる。好きな子をわざと苛《いじ》める悪ガキでもあるまいしと、ロブは自嘲《じちょう》の笑みを浮かべた。

指先でヨシュアの頬を撫でていると、唐突に強い愛おしさを覚えた。甘い情動を伴うその感情は、ひどく馴染《なじ》みのある類のものだったが、あえてロブは気づかないふりをした。

ヨシュアに妙な気持ちは持ちたくない。どんな理由であれ、頭に馬鹿がつくほど真面目に自分を守ろうとしてくれている男に対し、よからぬ下心を抱くのは裏切りだ。誠実な彼には信頼と友情を返すだけにしておこう。

しかしそう言い聞かせながらも、彼がゲイだったらよかったのにと、心の片隅で思わずにはいられなかった。そんな自分を馬鹿だと笑いたくなる。これではディックをベッドに誘いたがる、セレブな女たちと同じだ。

「……ロブ？」

目を開けたヨシュアが、かすれ声で呟いた。

「何？　ここにいるよ。気分は悪くない？」

ヨシュアは小さく頷き、ぼんやりした瞳でロブを見上げた。いつもの冷たい眼差しが嘘のような、頼りない目つきだ。

「あなたを守りたいんです……」

脈絡のない言葉はアルコールのせいか。ロブは優しく微笑んで、手の甲でヨシュアの赤い頬を撫でた。

「ああ。わかってる。君なら完璧に俺を守ってくれる。信頼しているよ」

「……ケラーとの約束は取り消してください。お願いです」

これには返事ができなかった。ロブの沈黙に、ヨシュアが悲しげな表情を見せる。

「シェリーの夢のこと、あなたに話さなければよかった」

ロブがケラーにあんな交換条件を持ちかけたのは、自分にも責任があると思っているのだ。

「君のせいじゃない。あの取り引きの一番の目的は、新しい犠牲者を出さないことだ。こういう言い方はあれだけど、君のお姉さんのことはそれに便乗したにすぎない」

「それでも、もしあなたが耳を切ったりしたら、私は自分を責めずにはいられない」

ヨシュアの目がわずかに潤んでいた。酔ったせいで、感情の起伏が激しくなっているのだろう。そんなヨシュアを見ていると、胸に芽生えた愛しさがいっそう強まってしまう。

「ヨシュア。俺はケラーの事件に責任を感じている。俺はケラーと何度も電話で話したのに、彼の犯行を止められなかった。逮捕できるような情報も引きだせなかった。俺がもっと上手く

やっていれば、最後のふたりの女性は死なずに済んだかもしれない。そうすれば今回の被害者だって、模倣犯に狙《ねら》われることはなかった」

ヨシュアがロブの腕を摑んだ。

「違う。あなたの責任じゃない。そんなふうに自分を責めないで」

ロブはヨシュアの手を上から握り込み、「ありがとう」と囁いた。

「でもね。俺は自分にできる範囲で最善を尽くしたい。誰かのためっていうより、自分自身のためにだよ。後悔は大嫌いなんだ。だからどんな結果になっても、君は気にしないでくれ」

「あなたは強い人ですね」

「強くないよ。自分が弱い男だって知ってるから、重い荷物を背負い込みたくないんだ。……俺には弟がいた。もし生きていれば、君と同じ年だ」

「なぜ亡くなったんですか？」

「暴発事故だよ。あの子はまだ五歳だった。父親が拳銃の手入れをしている時に、仕事の電話がかかってきたんだ。トニーは拳銃を引き出しに収めて自分の部屋を離れた。すぐ戻るつもりだったから、鍵はかけなかった。そこにあの子が……ダニエルが入ってきた。多分、父親と遊んでもらおうと思ったんだろう。ダニーは少しだけ開いていた引き出しに、興味を持ったのかもしれない。そして中にあった拳銃に気づき――」

ロブはいったん言葉を切り、重い吐息をこぼした。

「俺はあの時、家にいて銃声を聞いた。ダニーは俺と遊びたがっていたのに、俺はテレビを見るのに夢中で相手をしてやらなかった。どれだけ悔やんだか知れないよ。俺だけじゃなく、トニーも激しく自分を責めた。母親はただ泣き明かし、お喋りな姉も無口になってしまった。しばらくは家の中がひどい状態だった」

ヨシュアの手がゆっくりと持ち上がり、躊躇うようにロブの頬に触れてきた。慰めようとしてくれているのはわかったが、熱い手の感触がロブの中で揺れている危ういものを刺激してしまう。

指先が軽く唇に触れた。その瞬間、ロブの身体はカッと熱くなった。瞬間的な欲情に身を焼かれたのだ。彼の白い指にキスしたい。口に咥《くわ》えて歯を立ててやりたい。甘くて凶暴な欲望が、身体の中を駆けめぐる。

理性を奮い立たせて、ヨシュアの手を引きはがした。拒絶されたと思ったのか、ヨシュアの表情がサッと曇る。

「……違うよ。触られるのが嫌なわけじゃない」

なら、どうして。ヨシュアの緑の瞳が問いかけていた。

「ゲイの俺に、無邪気なスキンシップは危険だよ。襲われてもいいって覚悟があるんなら、別だけど」

「嘘つき。そんな気もないくせに」

ヨシュアが拗《す》ねたような口調で言った。さほど飲んでもいないのに、頭の芯《しん》がクラッとした。唇を尖らせるヨシュアが、あまりにも可愛すぎたからだ。

「どうしてそう思うの」

「キッチンで言ったじゃないですか。とりあえずの相手と寝る気はないって」

「うーん、痛いところを突かれた。確かにそう言ったけど、男なんて頭と下半身は別の生き物だからね。お堅い聖職者でも、自分のベッドに裸の美女が寝ていたら間違いを犯す。だから俺だって君があんまりにも無防備に触れてきたら、いやらしい下心でドキドキするんだよ。……というわけで、君に投げ飛ばされないうちに退散することにしよう」

立ち上がろうとしたら、ヨシュアにシャツの裾《すそ》を引っ張られた。

「もう少し、ここにいてください」

ヨシュアのことが、またひとつわかった。彼は酔うと甘ったれになるらしい。

男って意外性に弱いんだよね——。そんなことを思いながら、ロブはヨシュアの鼻を軽く摘んで、冗談めいた言葉で警告を発した。

「いけない子だね。ボディガードのくせに俺を誘惑する気かい？」

「そんなんじゃありません」

ヨシュアは怒ったように、ぷいっと顔を背けた。けれどシャツは摑んだままだ。

「俺を困らせて楽しい？」

ヨシュアは「すみません」と呟き、ロブのシャツを放した。

「あなたが優しすぎるから、つい甘えてしまいました。ごめんなさい」

素直な謝罪と寂しげな顔を見た瞬間、ロブの理性は特大のグッバイ・ボール《場外ホームラン》よろしく、どこかに飛んでいってしまった。

「ヨシュア。こっちを向いて」

おずおずと目を上げたヨシュアの額を撫で、ロブは善良な紳士面をして囁いた。

「出ていく前に、お休みのキスをしてもいい？」

そう言ったが最初から答えを聞くつもりはなく、ロブは身を屈《かが》めてヨシュアのなめらかな額に唇を近づけた。手で頭を抱え、軽いキスを落とす。だがすぐには離れず、額やこめかみを吐息でそっと愛撫《あいぶ》し続けた。

嫌がる素振りはない。図に乗って瞼《まぶた》にもキス。ヨシュアの長い睫《まつ》毛《げ》は、震えるように揺れていた。

顔を上げると、間近で視線が絡み合った。ヨシュアの瞳にはわずかな不安と混乱が見て取れたが、嫌悪や不快の色は浮かんでいなかった。少なくともロブにはそう思えた。だからもう一度キスをした。今度は鼻先から頬に、そして唇の端にも。

もしヨシュアの唇が閉じたままなら、なけなしの理性を振りしぼって、そこで引き返すつもりだった。けれどヨシュアは喘《あえ》ぐように唇を開けてしまった。

ロブは我慢しきれず彼の唇をふさぎ、舌先で真っ白な歯列をまさぐった。硬いエナメル質の感触と、ヨシュアの舌の柔らかさを交互に味わっていく。

抵抗がないのをいいことに、深く口腔を犯した。ふたりの熱い舌が重なり合う。

「ん……」

舌の裏側をくすぐると、ヨシュアが鼻を鳴らした。口蓋《こうがい》もそうだが、舌の裏筋にも性感帯がある。ただでさえ感じやすい口の中を執拗《しつよう》に愛撫され、ヨシュアの息も上がり始めている。

「男とキスしたのは初めて?」

長いキスを終えてから耳もとで囁くと、ヨシュアは甘い吐息をこぼしながら、困惑したように目を伏せた。その表情が、男とのキスで感じたなんて信じられないと物語っていた。

「もう一度、キスしても怒らない?」

そう尋ねるとヨシュアはしばらく黙っていたが、イエスの返事の代わりに、いきなりロブの首に両腕を巻きつけてきた。

キスしていいというより、もう何がなんだかわからないという気持ちゆえの、やけっぱちな行動にも思えたが、ロブは予想しなかったリアクションに息が止まりそうになった。驚きのあまり「この可愛い生き物はなんだ?」と心の中で叫んでしまったほどだ。

抱きついて離れないヨシュアの頭を、そっと枕に押しつける。今は抱擁よりキスがいい。この可愛い唇をもっと味わいたい。

二度目のキスは、より濃厚になった。ヨシュアがロブの動きに誘われるように、自分から舌を絡めてきたからだ。ふたつの舌が互いの口腔を行ったり来たりしながら、なめらかに溶け合っていく。

甘いキスで感じ合えば、次のステップに進みたいと思うのは男として当然の心理だ。ヨシュアの唇を奪いながら、ロブは彼を抱きたいと思った。裸にして、ヨシュアの身体の隅々まで愛撫したい。優しく触れて、意地悪く責め立て、淫《みだ》らな甘い声を上げさせたい。

ところが、ロブが頭の中で先の行為を想像していると、ヨシュアの反応が急に鈍くなった。おかしいと思ってキスを中断する。ロブは心の中でまた叫んだ。

――この可愛い坊やは悪魔なのか？

「参ったな……」

苦笑するしかなかった。ヨシュアは眠ってしまっていたのだ。罪作りな男だと思ったが、不思議と腹は立たなかった。興奮が収まってくると、逆に助かったという気持ちになる。

ヨシュアはゲイではない。きっと今夜は人恋しい気分だったのだろう。酔ってロブに甘えたくなっただけで、キスに応じたのも成り行きでしかなかった。

ストレートの男に惚れたって、結末は目に見えている。明日になったら、「君って酒癖が悪いんだね」とからかって終わりにしよう。それがいい。可能性のない恋の芽は、育ち過ぎる前に摘み取っておくに限る。

「お休み、ヨシュア」

今度こそヨシュアの頬に本当のお休みのキスを落とし、ロブは立ち上がった。


翌朝、目が覚めて身体を起こすと、ひどい頭痛に襲われた。完全に二日酔いだ。昨夜、ヨシュアの寝室を出た後、朝方まで飲んでいたので当然の酬《むく》いだろう。誓って言うが、ヤケ酒などではない。独り寝を嫌がる我儘《わがまま》な男を酒で慰めていただけだ。

パジャマのままリビングに行くと、ヨシュアはノーネクタイのワイシャツ姿で、コーヒーカップを持って窓辺に佇《たたず》んでいた。

「おはよう。昨夜はよく眠れた?」

「はい。朝までぐっすりと。……顔色が悪いですね。二日酔いですか」

「どうしてわかったの?」

ヨシュアはキッチンに何本も空瓶があったと答え、すぐに水と頭痛薬を持ってきてくれた。錠剤をコップの中に放り込み、ロブは「参ったな」と首を振った。

「昔はあれくらいじゃ、次の朝に響かなかったのに。加齢の弊害は増えるばかりだ」

ロブが薬を飲み終えると、ヨシュアがあらたまったように話しかけてきた。

「昨日は酔ってご迷惑をおかけしました。申し訳ありません」

見るからに気まずい表情だ。ロブは「全部、覚えてるの？」と尋ねた。

「ところどころ」

「そう。じゃあ俺とキスしたことも？」

「……それも、ところどころ」

あまり苛めては可哀想だと思い、ロブは「そんな顔しないで」と笑いかけた。

「あれは俺が悪かったんだ。酔った相手にスケベ心を持つなんて最低だね。反省してる」

ヨシュアが何か言いかけたが、すぐに言葉を続けて口を挟ませなかった。

「安心してくれ。二度とあんな真似はしない。約束するよ。だから君も気にしないで。大丈夫、酔って男とうっかりキスしたことくらい、どうってことないんだから」

ロブが昨夜のことで、これ以上話し合う気はないという態度をはっきり示したせいか、ヨシュアも気まずい雰囲気を長く引きずらなかった。微妙な空気は流れていたものの、ふたりとも大人なので表面上は何事もなかったように振る舞い、朝食を食べ終える頃にはいつもの雰囲気に戻っていた。

キッチンで皿を洗っていると、ロブの携帯に電話がかかってきた。出てみると、相手はケラーを担当している看守のコリン・ウィリアムスだった。

吉報だった。夜勤明けのウィリアムスは、ついさっきケラーからロブ宛ての手紙を預かったと言い、よければ今から届けに行くと言ってくれたのだ。ロブは興奮を抑えきれず、ぜひ今から来てほしいと答え、ウィリアムスにコンドの住所を伝えた。

電話を切った後、ヨシュアに報告すると、彼は喜ぶどころか顔を強ばらせてしまった。ヨシュアの苦しい気持ちがわかるだけに、ロブも何を言っていいのかわからない。ヨシュアを安心させるためだけに、ケラーとの約束を反故《ほご》にするとは言ってやれなかった。

約一時間が過ぎた頃、ウィリアムスが部屋にやってきた。

「夜勤明けで疲れているのにすまないね。車で来たんだよね？　運転は大丈夫だった？」

「ええ。お気づかい、ありがとうございます」

ヨシュアはロブの隣に座り、膝の上で両手を組んでいる。少し緊張しているようにも見えた。

「ケラーから預かった手紙です。中は見ていません」

ウィリアムスが鞄の中から取りだしたのは、折りたたまれた画用紙だった。表には鉛筆で『親愛なるロブへ』とだけ書かれていた。

期待を込めて開いてみると、そこには三カ所の住所と具体的な場所を示す簡単な地図が書き添えられていた。すべてヴァージニア州だ。

「遺体遺棄現場だ。ヨシュア、見てごらん」

ヨシュアはロブから画用紙を受け取り、三カ所の住所に何度も視線を走らせた。

「このどこかに、シェリーの遺体があるんだよ」

「でも、まだ本当かどうかわかりません。ケラーが真実を書いたのかどうかも……」

確かにでたらめの可能性もある。確信が得られるまで喜べないヨシュアの気持ちも、よく理解できた。

「これをパコに届けて、向こうのＦＢＩに連絡してもらおう。すぐ調査してくれるはずだ。ウィリアムスさん、ケラーから他に預かったものはないですか？」

「これだけです。朝、俺が監房に行くと、黙ってこれを差しだしてきたんです」

おかしい。提示した条件はふたつだったのに。

「ロブ。やはりケラーは模倣犯が誰か知らないのでは？」

「だったら遺体を遺棄した場所だけ教えるのはおかしくないか。模倣犯が誰かがわからなければ、取引は成立しないとわかっているのに、なぜケラーはこの手紙だけを俺に？」

もったいをつけて、二回に分けて知らせる気なのか。それとも本当にケラーも犯人が誰かわかっていないのか。

「じゃあ、俺はこれで失礼します」

ウィリアムスは長居せずに、あっさりと腰を上げた。ロブは彼を玄関まで見送り、何度も礼を言った。

「本当にありがとう。何か気づいたことがあれば、またいつでも連絡してくれ」

「はい。俺もあんな事件が二度と起こらないことを祈ってます。卑劣な犯人が早く捕まるといいですね」

正義感の強そうな青年だ。ロブは「まったくだよ」と頷き、最後にもう一度礼を言ってからドアを閉めた。部屋に戻ると、ヨシュアが背広の上着に腕を通していた。

「この手紙をロス市警に届けてきます」

「俺も行くよ」

「あなたは寝ていてください。まだ辛そうです。何があっても絶対にひとりで外出しないでください」

「わかったよ。ひとりで大人しく寝てる。でも、なるべく早く帰ってきてくれ。君がいないとすごく寂しいんだ。ハニー」

軽いジョークのつもりで言ったのに、なぜかヨシュアはムッとしたように黙り込んでしまった。

「ヨシュア？」

「……行ってきます」

ヨシュアが足早にリビングを出ていく。ロブは慌てて後を追いかけた。

「待って、ヨシュア。変なことを言ったから気に障った？　なら謝るよ。ごめん」

腕を掴んで後ろから真剣に謝罪した。昨日の今日で、この手のジョークは少し無神経だった。ヨシュアにすれば男とディープなキスをしたことだけでも、相当ショックな体験だったのかもしれないのに、あれでは茶化したも同然だ。

「腕を放してください」

「だったらこっちを向いてくれ。ちゃんと俺の顔を見て」

ヨシュアは顔を背けたまま、「嫌です」と強く言い放った。ロブはまずいぞ、と内心で冷や汗を流した。どうやら本気で怒らせてしまったようだ。

「私はゲイじゃないんです」

「ああ、わかってるよ。昨日のキスは間違いだった。君に非はまったくない。全部、俺が悪い」

「なのに、あなたが気になる」

「そうだろうとも。——え？」

「あなたのひとことひとことに、馬鹿みたいに振り回されてしまう」

ヨシュアの耳がほんのり赤く染まっている。ロブはことの成り行きが飲み込めず、ヨシュアのピンク色の耳朶《じだ》を見つめた。

「自分でも、どうしていいのかわからない。第一、この気持ちがなんなのかもわからないし。ゲイじゃないのに変ですよね。男にときめくなんて……。だけど——」

「ヨシュア。こっちを向くんだ」

我に返ったロブは、強引にヨシュアの肩を摑んで向き直らせた。ヨシュアは羞恥《しゅうち》をこらえるように、唇をキュッと引き締めている。自分では鈍感なほうではないと思っていたが、その考えを改めるべきかもしれないと思った。

さっきのは怒ったんじゃない。ヨシュアは照れたのだ。それで恥ずかしくなって逃げだした。なんて可愛い奴なんだ。そう思った瞬間、いけないモードのスイッチが入った。

「……昨夜のキス、ところどころは覚えてるんだよね。俺は何もかも覚えてるよ。君の唇はすごく柔らかくて、目眩がするほど甘かった。夢中になったよ。君も結構、積極的だったし」

喋りながら身体を寄せて、ヨシュアをじわじわと壁に追い込んでいく。

「だから、私はあんまり覚えてなくて……」

「そう。じゃあ、思いださせてあげようか？」

ロブは壁に片手を突き、ヨシュアの鼻先に自分の鼻先をくっつけた。朝っぱらから不謹慎だとわかっているが、ここで迫らなければ男ではない。

相手がストレートだとしても、ヨシュアの気持ちが自分に傾いていると知った以上、我慢するなんて無理だった。育つ可能性のある恋の芽を、自分の手で摘み取りたくない。

「やめて、ください……」

ロブが頬をすり寄せると、ヨシュアは喘ぐように言った。今のロブにとって彼の困った声は、甘いキャンディも同然だ。貪欲な鼓膜が、もっと舐《な》めて味わいたいと訴えている。

「嫌だ。すごくキスしたい」

「駄目です。こんなところで」

「場所なんて関係ない。できれば君をこのままベッドに連れていって、抱き締めながらキスしたいほどだ。シワひとつないシーツがぐしゃぐしゃになるまで、君とたっぷり愛し合えたら、どんなに幸せ――わっ」

調子に乗って股間を撫でようとしたら、素早く右手をねじ上げられた。まるで電車の中で逮捕された情けない痴漢だ。肩の関節が今にも外れそうに痛む。

「痛いよ。放してくれ」

ヨシュアはすんなりロブを解放し、赤い顔のまま玄関のドアを開けた。

「今はこの手紙を届けるのが先です」

「……ああ、そうだね。緊急時に悪かった。でも約束して。帰ってきたら、さっきの話の続きをしよう。俺は君に惹《ひ》かれてるけど、とりあえずの相手にしたいとは思わない。だから、まずはちゃんと話し合いたいんだ。いいね？」

ヨシュアは無言で頷き、逃げるように出ていった。

ロブはしばらくの間、ひとりでニヤニヤしながら部屋の中を歩き回っていた。頭は痛いが、気分は最高だった。恋の始まりは、いつだって心躍るものだ。

もちろん、ヨシュアとの関係が進展すると決まったわけではない。やっぱり勘違いでしたと、あっさり振られる可能性はおおいにあるのだ。

いつだったかネトに「期待して物事に臨むと大抵は失望する」と言われた。真理だと思うが、希望の光が見えた時に最悪を想定するのは難しい。期待は喜びだ。その先に失望が待っているとしても、期待を打ち砕かれるその時までは、ささやかな幸せを味わっていたい。

しかし今は恋にうつつを抜かしてばかりもいられなかった。ケラーが本当に模倣犯の正体を知らないのなら、この事件は長引くかもしれない。そうすれば被害者も増える。

浮かれる気分を振り払い、ロブはノートPCを開いてこれまでの出来事を見直しながら、もう一度すべての情報を整理し始めた。犯人は絶対にケラーと深い関わりがあるはずだ。何か見落としている点はないか――。

コーヒーを淹れようと立ち上がった時、インターフォンが鳴った。受話器を摑んで応対に出ると、モニターにウィリアムスの顔が映っていた。

「ウィリアムスさん？　どうしたんですか」

「思いだしたことがあるんです。ケラーには、刑務所の中で親しくしていた人物がいました。もしかして、捜査に役立つかと思って」

ロブはすぐにオートロックを解除し、ウィリアムスに部屋まで上がってくるよう伝えた。気持ちがはやった。もしかしたら、ウィリアムスのもたらす情報が突破口になるかもしれない。

玄関に現れたウィリアムスを再びリビングに招き、さっきと同じようにソファで向かい合った。

「わざわざ引き返してきてくれたのかい？」

「はい。車に乗ってしばらくしてから、急に思いだしたんです。本当だったら昨日、お伝えしておくべきことでした。でも、すっかり忘れていて……」

　ウィリアムスの言葉は何から何まで、興味をそそられる内容だった。ケラーが移送されてきた時、ウィリアムスにはモーガンという同僚がいた。半年前に辞めてしまったそうだが、当初はモーガンがケラーの担当者だったらしい。しかし彼にはいろんな問題点があった。一番は囚人に対する虐待だ。

「彼はすぐに囚人を殴ったり叩いたりするんです。同僚には腰が低いのに、立場の弱い囚人に対してはいつも高圧的でした。けれど不思議なことに、ケラーにだけは態度が違っていた。苛めないどころか、何かにつけ特別扱いを繰り返し、まるでケラーを崇拝しているようでした」

「なぜだろう？　ケラーに特別な思い入れでもあったのかな？」

「わかりません。でも彼はシリアルキラーに興味があったみたいです。その手の事件を題材にした本なんかを、休憩時間によく読んでいたので。……ケラーもモーガンには心を開いていたのか、たまに描いた絵をプレゼントしていたみたいです」

「絵をプレゼント……？」

　ロブはもしかしてと考えた。モーガンが模倣犯であるなら、ケラーがプレゼントしていたのは絵ではなく、自分の犯行を詳細に書き綴った文章だったのではないか。

「モーガンの住所はわかる？」

「刑務所を辞めてすぐに引っ越したみたいなので、今の居場所はわかりません」

「じゃあ、この紙に彼のフルネームと、特徴を――」

ロブの携帯が鳴った。相手はパコだった。ロブはウィリアムスに断って、電話に出ながらキッチンに入った。

「パコ。実は今、ヨシュアがそっちに向かってるんだ。ケラーが三人の被害者の遺体遺棄現場を――」

「ロブ、大変だぞ」

パコはロブの言葉を強引に遮り、驚くべき事実を口にした。

「ケラーがトイレ用洗浄剤を飲んで、服毒自殺を図った」

「なんだってっ？」

驚きのあまり大きな声が出てしまった。ロブは慌てて声を落とし、ケラーの状態について尋ねた。

「意識不明の重体だ。近くの病院で治療を受けている。どうやって洗浄剤を入手したのかわからないそうだが、相当飲んだらしい」

なぜだ。なぜケラーは自殺を図った？　いつ下されるともわからない死刑執行の恐怖に、耐えきれなくなったのか？　それとも今さらながらに自分の罪を悔いる気になったのか？　だから最後に遺体遺棄現場を知らせてきた？

不可解すぎる突然の自殺の理由を考えていると、パコが説明を続けた。

「連絡をくれたのは、昨日会ったメイフィールドだ。宿直だったウィリアムスと仕事を交代してから、朝の見回りに出てケラーの異変に気づいたそうだ。メイフィールドは、もっと早くに発見できていればって嘆いていた」

「え……？　メイフィールドが発見した時には、時間が経っていたのか？」

「ああ。医師の診断では、服毒してから数時間が経過していたらしい」

心臓を鋭い針で突かれたような、痛みにも似た衝撃を受けた。頭の中で完成しかけていた大きなジグソーパズルが一気に砕け散る。ロブは息をするのも忘れ、何もないシンクの一点を凝視した。電話の向こうで何か話し続けているパコの言葉も、まったく耳に入らない。

バラバラになったピースは、いったんぐちゃぐちゃにかき混ぜられ、再びものすごいスピードで寄り集まり、瞬く間に一枚の絵を完成させた。名付けるなら、真実という名の絵を。

――犯人はあの男だ。あの男こそが模倣犯だった。

「ロブ？　どうしたんだ？　おい、聞いてるのか？」

パコの呼びかけを無視し、ロブは携帯を握ったままリビングのほうを振り返った。

「……っ」

ロブの両目に飛び込んできたのは、高く持ち上げた花瓶を今まさに振り下ろそうとしている、コリン・ウィリアムスの姿だった。

頭が激しく痛む。頭の血管が脈打つたび頭蓋骨をハンマーで叩かれているようで、喩《たと》えるならその痛みは二日酔いの一万倍だ。ロブは顔をしかめながら、うめき声をもらした。

「気がついたか？」

笑いを含んだ、それでいて攻撃的な声。ウィリアムスはロブの足もとにしゃがみ込んで、細いナイロンロープで両足を縛り上げている最中だった。腕はすでに背中でひとくくりにされている。

長い時間、意識を失っていたような気がしたが、キッチンからリビングへと移動させ、手を縛り上げただけなら、実際には数分しか経っていないのだろう。

額やこめかみがベッタリと濡れていた。殴られたおかげで派手に出血しているようだ。

「……参ったね。君が模倣犯だったとは。すっかり騙《だま》されてしまった」

「あんたは利口な男だと思ってたけど、たいしたことはなかったな」

「同感だ」

ロブの足を縛り終えたウィリアムスは、ソファに置いた鞄からサバイバルナイフを取りだした。彼の目的がなんなのかは、もうわかっている。はた迷惑な目的なので考え直してほしいものだが、どう言いくるめようが説得できないことも、ロブにはよくわかっていた。

「モーガンの話は嘘だったんだね。あれは君自身の話だったのか」

どうにか上体だけを起こし、ロブはウィリアムスに話しかけた。

「ああ、そうさ。モーガンなんて看守はいやしない。ケラーからの手紙を受け取っていたのは俺だ。あいつが描いた絵を食ってるっていう話も嘘だ。破いた紙は全部、俺の手元にある」

「その紙を集めると、ケラーの自叙伝になるってわけか」

「まあな。俺はケラーのことなら、なんでも知っている。奴がどうやって女たちの首を絞め、どんなふうに耳を切り落としたのかもな。俺以上にケラーを理解している人間はいないんだ」

ウィリアムスはうっとりした表情で、サバイバルナイフの刃先を指先で撫で上げた。このままだと、あと数分後にはあのナイフの刃先が耳のつけ根に落ちてくる。ロブはその瞬間を少しでも遅らせたくて、ウィリアムスに質問を重ねた。

「なぜ彼の真似を？　君の目的はなんだ？」

「奴はあんたの耳を切り損なったことを、ひどく嘆いていた。唯一の心残りなんだとさ。だったら俺がケラーのできなかったことを、達成してやろうと思ったんだ。まずはあんたに女の耳を送りつけるところから始めて、最後にあんたの耳を切り落とす。あのトーマス・ケラーができなかったことを、俺が成功させるんだ。そうすれば、俺こそが真の耳切り魔になるっ」

ウィリアムスは次第に興奮を強め、語気を荒らげた。ロブはそんな彼を見上げながら、反社会性人格障害と依存性人格障害が合わさったタイプではないかと考えた。おそらくウィリアムスはもともと凶悪な性質を持っており、残虐な行為に優越感を覚える人間だったのだろう。そういう男だからこそ、ケラーのような連続殺人犯に憧れ、自らすり寄っていったに違いない。

ケラーの手紙には彼自身の率直な言葉で、九人の殺害と遺体損壊の方法が詳細に綴られていたはずだ。あくまでも想像の域を出ないが、ウィリアムスはそれを読み耽《ふけ》ることでケラーの犯罪を追体験し、次第にケラーの考え方、行動、感情などまで模倣するに至ったのかもしれない。そしてやがて妄想は暴走し、オリジナルを越えることによって、自分が全米を騒がせたケラー以上の犯罪者になれると考えたのではないか。

「ケラーは自殺したんじゃないんだろう？　君が洗浄剤を無理やり飲ませたのか」

「ああ。何もかも、あんたのせいだよ。ロブ」

「俺のせい？　なぜだ？」

ウィリアムスは手でナイフを弄《もてあそ》び、忌々しげにロブを見下ろした。

「あんたがふざけた取引を持ちかけたから、ケラーはその気になって二枚の手紙を書きやがった」

「……ひとつは君がさっき持ってきた遺体遺棄現場を記した手紙で、もうひとつは模倣犯が誰か知らせる手紙。つまり君の名前を書いた手紙ってわけか」

「そうだ。ケラーはそれをメイフィールドに渡そうとして、ベッドの中に隠していた。あのクソ野郎は俺を裏切りやがったんだ。何が耳切り魔だ。今じゃただの腑抜けのくせに……っ。あんな男より俺のほうがすごい。あんたの耳を切り落として、真の耳切り魔が誰か世間に知らしめてやる」

ぎらついた目つきで、ウィリアムスが近づいてきた。自慢ではないが、体力はあっても腕力にはまったく自信がない。あったところで手足を縛られた状態では、反撃など夢の話だ。

今のロブにできることと言えば、せいぜい時間を稼ぐことくらいだった。もしパコが異変を察して誰かを寄こしてくれたら、どれだけ嫌がられても百回キスしてやる。もちろん生きていたらの話だが。

「さあ、お喋りは終わりだ。そろそろあんたの耳をいただこうか」

鈍い光を放つ長い刃先が、目の前に近づいてくる。痛いのは嫌だ。本当に勘弁してほしい。二度も同じところを切られるくらいなら、ケラーに襲われた時に耳をなくしておけばよかった。そしたら痛い思いも一度で済んだのに。

ロブは恐怖に震えながらも、必死で口を動かし続けた。

「ケラーができなかったことを達成したからといって、君はしょせんコピーにすぎないよ。自分では何も考えていない。彼のしたことをただなぞっただけだ。そんなんじゃ、何をやってもオリジナルを超えられやしない」

「黙れっ」

激昂したウィリアムスに思いきり腹を蹴《け》り飛ばされた。あまりの痛さに呼吸が止まる。ロブは苦悶の息を漏らしながら、ウィリアムスをにらみつけた。

――クソ、絶対に肋骨《ろっこつ》が折れたぞっ。このイカレポンチのサイコ野郎め……！ どうせやれるなら、言いたいことを言ってやる。俺を無口にできるのは、とびきり甘いキスだけ。

「……黙ら、ないよ。君はなぜ、俺のところに来た？ 本当なら、もうひとり女性を殺さなきゃいけないのに。順番を間違うなんて模倣犯失格だぞ。コピーさえまともにできないのか」

ウィリアムスは血走った目を剝《む》いて、憤怒の表情を浮かべた。怒りのあまりナイフを持った手がブルブルと震えている。

「予定が狂ったのは、全部お前のせいだろうがっ！ 自分の耳をやるだなんて、偽善者ぶりやがってっ。お前がケラーをたぶらかしたから、俺の計画はめちゃくちゃになったんだっ。今すぐその耳を切り落としてやる……っ」

ウィリアムスは左手でロブの頭を摑み、渾身《こんしん》の力で壁に押さえつけた。ただでさえ痛む頭をまたもや強く打ちつけられ、意識が遠のきそうになった。

ここで気を失ったら終わりだ。ロブが最後の力を振りしぼって頭を強く振った時、ウィリアムスの手が口もとまで滑った。ロブは迷わずウィリアムスの手に嚙みついた。

「ぎゃっ」

ウィリアムスは獣のような声を上げ、ロブから飛び退《の》いた。左手からは赤い血が滴っている。

「てめぇ……っ。もう許さねぇぞっ。ぶっ殺してやる……っ！」

ウィリアムスのナイフが勢いよく落ちてくる。ロブは咄嗟に身体を倒し、ギリギリのところで刃先を躱《かわ》した。しかしウィリアムスは俊敏に動き、今度は逃げられないようロブの腰に馬乗りになり、全体重をかけて押さえ込んできた。

駄目だ。もう動けない。刺される――。そう思った一瞬のうちに、近しい人たちの顔がフラッシュバックのように、ロブの脳裏を駆けめぐった。家族、友人、そしてヨシュア――。

ああ、ヨシュア。残念だよ。帰ってきたら、お互いの気持ちを話し合うって約束したのにね。もしかしたら、君は俺の大事な人になっていたかもしれないのに。

「死ね……っ！」

ウィリアムスは叫びながらナイフを大きく振り上げた。ロブが目を閉じたその時、パンッという破裂音のようなものが部屋中に響き渡った。同時にウィリアムスの身体が痙攣《けいれん》するように大きく揺れる。彼はナイフを持ったまま硬直し、次に脱力してロブの上に前のめりに崩れ落ちてきた。

「ロブっ」

駆けよってきたのはヨシュアだった。右手には拳銃を握っている。ロブはそこでようやく、ヨシュアが背後からウィリアムスを撃ったのだと気づいた。

「大丈夫ですかっ?」

「なんとかね。命に関わるような怪我はしてない」

ヨシュアは安堵の吐息をもらし、拳銃をホルスターに戻した。

「こいつをどけてくれ。重くて敵わない」

ヨシュアはゴミ袋でも扱うように長い足でウィリアムスを蹴飛ばし、乱暴に床へと転がした。

「た、助けて、くれ……」

ウィリアムスの口から、弱々しい懇願の言葉が落ちた。

「あれ。生きてたんだ」

「右肩を撃ち抜いただけなので、すぐには死なないでしょう」

今すぐ死んでも構わないと言いたげな、冷ややかな声だった。ヨシュアはすぐにハサミを持ってきて、ロブの手足の拘束を解いた。その後でパコに電話をかけて簡単に事情を説明し、救急車も急行させてほしいと頼んだ。

「パコも救急車もすぐに来ます。もう少し頑張ってください」

「ああ。ところで、どうして急に戻ってきたの?」

「ロス市警に向かっていたら、パコから電話がかかってきたんです。ロブの様子が変だからすぐに戻れって。まさか、この男が犯人だったなんて……。私が出ていくのを、どこかで見ていたんですね」

ウィリアムスは気絶したのか、もう声をもらしていなかった。ヨシュアはそんな彼を氷のような目で見下ろしている。もしも視線で人が殺せるなら、百人ほど即死していそうな怖い目だ。ロブは壁に背中を預けて深い息を吐いた。ヨシュアのおかげで命拾いしたが、殴打された頭は痛いし蹴られた胸も痛い。まさに踏んだり蹴ったりのひどい状態だ。

ヨシュアは濡らしたタオルを持ってきて、ロブの顔についた血を拭き始めた。しかし感情が昂ぶっているのか、タオルを持つ手が小さく震えている。

「……すみません」

ヨシュアは手を止めると、気持ちを落ち着かせるように何度か深呼吸を繰り返した。けれど効果がなかったのか、今度は今にも泣きそうな表情で唇を噛みしめた。

「どうして、そんな顔をするの？」

「申し訳ありません。私がついていながら、こんな怪我を……」

「何言ってるんだよ。君はちゃんと俺を守ってくれたじゃないか。俺は生きてるし、耳だってくっついたままだ。ほら、よく見て。無事だろう？」

右耳を向けるとヨシュアは赤い目で何度も頷き、ロブのこめかみに額を押し当てた。ヨシュアの震える吐息が頬をかすめていく。

「ええ。無事です。本当によかった……。俺は、俺はちゃんと間に合ったんですよね？　あなたを守ることができたんですよね？」

ヨシュアは涙声で囁いた。ロブはヨシュアの頬を伝う一粒の涙を、唇で受け止めた。しょっぱいはずの涙が、今は甘く感じられる。

「そうだよ。すべて君のおかげだ。――ところで、君はケビン・コスナーと同じじゃないよね？」

「え……？」

ヨシュアが驚いたように目を開けた。

「俺を守り終えたからといって、すぐに消えたりしないでくれ」

ロブは重い腕をどうにか動かし、ヨシュアの額の髪をかき上げた。そしてあらわになった彼の額に、限りない愛おしさを込めてキスをした。

「ロブ……」

「君はゲイじゃない。そのことはよくわかってる。だからすぐに答えを出せなんて言わないよ。でももし、君の心の中に少しでも俺を好きだという気持ちがあるなら、時間を与えてほしい。だって俺たちはまだ何も始めていないだろう？　俺は君のことがもっと知りたい。急がず焦らず、ゆっくりと時間をかけて、ヨシュア・ブラッドという男のすべてを知り尽くしたいんだ」

ロブはヨシュアの額に自分の額をそっと押し当てた。長い睫毛の下で、緑色の瞳が惑うように揺れている。

「ロブ。私は――」

ヨシュアが何か言いかけた時、急に意識が遠のいてきた。まだ駄目だぞ、もう少し頑張れと自分に言い聞かせたが駄目だった。これがロマンス映画なら、苦難を乗り越えたヒーローとヒロインは、人目も憚《はばか》らず熱いキスを交わしているところなのに。

しかし現実はこんなものだ。残念ながらロブは、格好いいヒーローにはなれなかった。

「ごめん、ヨシュア。救急車が来たら起こして……」

「え？　ロブっ？」

「大丈夫。ちょっと眠るだけ……だか、ら……」

ヨシュアに頭を抱きかかえられながら、ロブは瞬く間に気を失った。

「宅配ピザで客をもてなすなんて、俺としてはものすごく不本意だよ。泣けてくるな」

ロブが大袈裟《おおげさ》に嘆くと、ユウトは「まだ言ってる」と苦笑を浮かべた。

「俺もディックもパパ・ジョーンズのピザは大好きだ。毎日食べても飽きないくらいにね。そうだよな、ディック？」

「俺はどちらかというと、ドミノ・ピザのほうが好きだが——」

ユウトに軽くにらまれ、ディックは慌てて「今はもちろんパパ・ジョーンズ派だ」と意見を微修正した。

「自分の意見を持たない男は嫌われるぞ」

ネトが意地悪く突っこむと、ディックは真面目な顔つきで反論した。

「協調性のない男のほうが嫌われる」

「協調性ね。お前の場合は、単にユウトに嫌われたくないだけだろう?」

「ネト。あんまりディックを苛めると、あなたがユウトに嫌われるわよ」

トーニャに注意され、ネトは「それは困る」とあっさり引き下がった。ユウトは「そんなことで嫌ったりしないよ」と笑ってから、表情を引き締めてパコに目を向けた。

「ところで、例の模倣犯はもう自白したのか?」

途端にパコは渋い顔つきになった。今日は非番なので、パコはジーンズにTシャツといったラフな格好をしている。

「まだだ。医者から面会時間を制約されていて、思うように取り調べが進んでなくてな。けど証拠は揃ってるから大丈夫だ。必ず吐かせてみせる」

ウィリアムスの自宅からは、グリフィスパークで遺体が発見されたアンナ・ジャクソンの左耳と遺留品が押収されている。他にもケラーが書いたと思われる、大量の手紙も見つかっていた。ロブが想像したとおり、その手紙には過去の犯行の一部始終が事細かに書き綴られていた。

一方、ウィリアムスに殺されかけたケラーはといえば、どうにか一命を取り留めたものの、依然として意識不明の重体だ。

「ロブ。ウィリアムスの周辺を徹底的に調べてみたんだが、過去に奴とつき合いのあった女性がふたり、行方不明になっていたんだ。どう思う？」

「ウィリアムスに殺害された可能性は、おおいにあるだろうね」

ケラーと出会う前からウィリアムスの心は病んでいた。今回の模倣殺人が初犯でなかったとしても、それほどおかしな話ではない。

「君もそう思うか……。やっぱりそっちも捜査する必要がありそうだな。まったく、あんな危険な男が刑務官だったなんて、とんでもない話だ」

「けど先生のおかげで、被害が拡大せずに済んだぜ。お、このアンチョビ、いけるな」

ピザにかぶりつきながら、マイクが呑気な声で言った。

「感謝されるようなことはしてないよ。俺はただ、うっかり犯人を引き寄せてしまっただけだからね。ウィリアムスを仕留めたのはヨシュアだ」

「ロブとこうやってピザが食べられるのも、ヨシュアのおかげだな」

ユウトに笑顔を向けられ、ヨシュアは白い歯を見せて微笑み返した。努力は認めるが、いかにも「私は今、頑張って笑っています」といった感じのぎこちない表情だった。ロブは込み上げる笑いをどうにか嚙み殺して、ユウトに話しかけた。

「ところで潜入捜査はどうなったの？　無事に解決した？」

ユウトはすっきりした表情で大きく頷いた。

「ああ。取引現場に現れた幹部クラスは全員逮捕できた。あの組織はもう終わりだ」

「よかったわね。おめでとう。でもユウトの悪役ぶり、この目で見てみたかったわ」

トーニャの言葉尻に乗って、ネトがユウトをからかった。

「オールバックに黒いサングラスをかけて、咥え煙草でニヒルに決めてたんじゃないのか？」

「ああ、そうさ。肩で風を切って街を歩くと、俺のためにみんなが道を空けてくれるんだ。すごく爽快《そうかい》だったな」

ユウトの冗談に笑いが起きる。ロブも笑ったが、すぐに「あいてて」と顔をしかめた。肋骨にヒビが入っているので、笑ったり大きく息を吸ったりすると痛むのだ。

「まだ辛そうだな。もう少し入院してればよかったのに」

ユウトが心配そうな顔つきで言ったが、ロブはコルセットを巻いた胸を押さえながら「嫌だよ」と首を振った。

「病院は嫌いなんだ」

「子供みたいなこと言うなよ」

ユウトは呆れたが、嫌いなものは嫌いなのだから仕方がない。ロブが病院のベッドで大人しく寝ていたのは、最初の三日間だけだった。四日目には辛抱たまらなくなって強引に退院し、自宅に戻ってきてしまった。それが昨日のことだ。

「無茶さえしなければ日常生活に差し支えない。それにもうしばらくは、ヨシュアがうちにいてくれるそうだし。ね、ヨシュア？」

「はい。休暇が終わるまでは、私がロブの手助けをします」

「お前がそんなに面倒見のいい男だとは、知らなかったな」

ディックに感心したように言われ、ヨシュアは事務的な口調でこう答えた。

「ロブの怪我は私のせいですから、当然のことです」

思わず「責任感だけで一緒にいてくれるの？」と聞きたくなったが、「他に何があるんです？」と答えられても困るのでやめておいた。

あの時、気を失ってしまったせいでヨシュアの返事は聞けなかった。そして実は今もまだ、ヨシュアがロブとの今後の関係について、どういう展開を望んでいるのかまったくわかっていない。なぜなら聞く機会がなかったからだ。

ロブが入院している間に、ヨシュアはＤＣに出かけていた。ケラーの手紙に書かれた場所をＦＢＩが捜索した結果、本当に三体の遺体が発見され、そのひとつがシェリー・モーハンだと確認されたのだ。

ヨシュアはその知らせを受けて急遽《きゅうきょ》ＤＣに飛び、向こうに住んでいる義兄と共に、シェリーの白骨化した遺体を墓地の棺に納めた。そして今日、ＬＡに戻ってきたばかりだった。

「ねえ、みんな。まだロブは本調子じゃないんだし、そろそろ引き上げましょう」

トーニャの言葉を受け、休日の楽しいランチタイムは終了となった。ロブとヨシュアがポーチでみんなを見送っていると、いったん車に向かいかけたユウトが、なぜか踵を返して戻ってきた。

「ヨシュア。君がロブのボディガードを引き受けてくれて、本当によかった」

ユウトは不意に腕を伸ばし、ヨシュアの身体を強く抱き締めた。

「あらためて礼を言わせてくれ。俺の大切な友人を守ってくれてありがとう」

「い、いえ……」

驚いているヨシュアの胸に軽く拳をぶつけると、ユウトは軽やかにポーチを駆け下り、ディックが待つ車へと乗り込んだ。

「ロブ。早く怪我を治して、またうまいものを食わせてくれ」

「ああ。その時は君に海老の背わたを取ってもらうよ」

ユウトは笑って助手席の窓から「練習しておく」と答えた。ロブは走り去っていく車に手を振り、ヨシュアの横顔に目を向けた。

「いい奴だろう?」

「ええ、本当に。……以前、ディックが言ってました。ユウトと出会ったことで、自分は新しい人生を得ることができたんだって。彼の強さと優しさが、自分を救ってくれたとも」

「確かに今のディックがあるのは、ユウトのおかげかもしれないね。彼は幸せ者だ。人生そのものが変わるような出会いなんて、そうそうあるもんじゃない」

室内に戻ってテーブルの上をきれいにしようとしたら、ヨシュアに「後で私がやりますから、あなたはソファで大人しく座っていてください」と叱られた。仕方なくソファで休んでいると、片づけを終えたヨシュアがコーヒーを運んできてくれた。トレイの上にはカップがふたつ。

ごく自然に隣に腰を下ろしたヨシュアを見て、ロブは来るべき時が来たと思った。これからヨシュアは自分たちの関係について、何か告げる気でいるのだ。

「……ロブ。結論から言います」

「いきなりっ？」

カップの中身をこぼしそうになった。ヨシュアが回りくどい性格でないのは知っているが、まさか開口一番にそうくるとは思わなかった。

「いけませんか？」

「……いや、いいよ。言ってくれ」

覚悟を決めて促すと、ヨシュアは小さく頷き、テーブルの上に視線を落とした。

「自分の気持ちを正直に言います。私はどう考えても、ゲイではありません。だから、あなたの恋人にはなれない」

躊躇いもなければ逡《しゅんじゅん》巡もない。最初から答えは決まっていたのだろう。

そうだよな、とロブは心の中で溜め息をついた。冷静に考えれば、こうなるのが当然だろう。ヨシュアの出した答えは極めて常識的だ。酔っぱらって男とキスしたくらいで、人のセクシャリティは大きく変わったりしない。

「わかったよ。残念だけど、君の気持ちを尊重する。でも友達にはなってくれるよね？」

恋人は無理でも、友人としてならこれからもつき合ってくれるだろう。そう思って聞いたのだが、ヨシュアの返事はひどいものだった。

「友達にもなれません」

ロブは本気で泣きたくなった。この数日間、一緒に暮らしてきた中で、それがどういう種類のものであったとしても、ふたりの間に何かしらの絆《きずな》が芽生えたと思っていたのは、自分の馬鹿げた思い込みだったらしい。

「ヨシュア。悪いけど、もう帰ってくれないかな。君に振られることは想定内だったけど、友達の関係まで拒絶されるとは思ってもみなかった。正直言って、かなりこたえてる。こんな気持ちのままじゃ、一緒にはいられないよ」

失望した。ヨシュアにではなく自分自身にだ。どんな時でも前向きな姿勢を忘れないのが自分の信条だったはずなのに、今はどう頑張っても前向きになどなれそうにない。

「ロブ。待ってください。まだ言いたいことがあるんです」

「そう。だったら言ってくれ」

――いいよ、ベイビー。なんでも聞くから、好きなだけ俺を苛めてくれ。

ロブは投げやりな気分で、背もたれに腕を乗せた。ケラーは耳を切り裂こうとしたが、ヨシユアはロブのハートを切り裂いた。今はズキズキと疼く胸の痛みをこらえるだけで精一杯だ。

「友達になれないのは、あなたが好きだからです。だって友達になったら、もしあなたに恋人ができた時は笑って祝福しなくちゃいけないでしょう？　……多分、無理です」

この坊やは何を言っているんだろう？　まったく意味がわからない。

「あなたに大切にされている恋人を見たら、私はきっと嫉妬《しっと》してしまいます」

「ヨシュア。君の言ってることは支離滅裂だ。君はゲイじゃないんだろう？　なのに、どうして嫉妬なんてするんだ」

「言ったでしょう？　あなたが好きだからです」

ふざけているのかと思い、ロブはヨシュアを見た。しかしそこには、ニコリともしない真剣な眼差しがあった。

「今はナゾナゾの時間？」

「違います。真面目に話しています。……ややこしい言い方をしてすみません。でも、全部正直な気持ちなんです。私はあなたに惹かれています。あなたは私のことを、もっと知りたいと言ってくれた。とても嬉しかった。私も同じ気持ちだったからです」

ヨシュアは言葉を探すように、ゆっくりと話し続けた。

「もっとあなたを知りたい。いろんな時間を一緒に過ごしていきたい。心からそう思っています。だけど同性と恋愛できるのか、わからない。好きだという気持ちだけで、大きな壁を乗り越えていけるのか、自分でもまだわからないんです。……こんな曖昧《あいまい》な気持ちのまま、あなたの恋人になるとは言えません。だって、そんなの無責任すぎるでしょう？」

「ヨシュア……」

ロブは自分の性急さを反省した。すぐに答えを出さなくてもいいと言ったのは、自分のほうではないか。ヨシュアはその言葉を信じ、自分自身の今の不安定な気持ちを包み隠さず打ち明けてくれたのだ。

ロブを好きだというのが本当なら、男とつき合えないと思う気持ちも、また本当なのだろう。ストレートの人間だから、そう考えるのは自然なことだ。いや、むしろこれは勇気ある態度だった。

普通なら同性に惹かれている自分を否定したくなる。自分を守るために認めまいとして、面倒な真実から顔を背けたくなる。けれどヨシュアは正直に話してくれた。逃げずにロブと、そして自分自身の心と向き合ってくれたのだ。

「すみません。何ひとつ確かなことが言えなくて」

「いや。十分だよ。ありがとう、ヨシュア」

生真面目で不器用なヨシュアが愛おしかった。正直なところ、相性がいいなんて思っていないし、すんなりいく恋だと期待もしていない。

だけど、それでもいいから。ままならない関係に苛々《いらいら》したり焦れたりしてもいいから、彼を諦めたくなかった。ここで終わりにしたくはないのだ。

　頑張ればいつか、ヨシュアが自分の恋人になってくれるという保証なんて、どこにもない。けれど恋の始まりはいつだって一方通行だ。

　ヨシュアはロブの気持ちをきちんと受け止めてくれているし、何より自分を好きだと言ってくれた。もっと知りたいと言ってくれた。とりあえず、チューニングは合っている。だったら、可能性はおおいにある。そう信じたい。

「……ねえ。君を抱き締めてもいいかな？」

　ヨシュアは五秒ほど考え込み、意を決したようにロブの肩に腕を回してきた。緊張した様子で身体を預けてくる姿がたまらなく可愛い。ロブはヨシュアの頬をすくい上げ、ごく軽いキスをした。

「怖がらないで。襲ったりしないから。襲いたくても、この身体じゃね」

　冗談っぽく言ったロブを、ヨシュアは軽くにらみつけた。

「怖がってなんていません。私のほうが強いのに」

　いい切り返しだ。ロブは声を上げて笑った。おかげでまた胸が痛んだ。

「あいたた。……そうだったね。俺は君の許可がないと、キスさえできない哀れな男だ。でも君を口説く権利は与えられた。そう思っていいんだよね？」

　優しく笑いかけると、ヨシュアは少しだけ目もとを赤くしながら「はい」と頷いた。ロブはヨシュアを抱き締めたまま、髪に頬をうずめた。それだけのことで、心は不思議なほど満ち足りていた。

「……ロブ。勝手だとわかっていますが、私に時間をください。多分、それほど長くは待たせないと思います」

その言葉が真実であることを裏づけるように、ヨシュアの眼差しの奥には、隠しきれない熱い何かが存在していた。ロブは「ああ」と頷き、ヨシュアの手を取って強く握り締めた。

「いくらでも待つよ。君が俺の気持ちを、安心して受け入れられるようになるまで」

もちろん本音の部分では今すぐにでも、ベッドの中でヨシュアと愛し合いたいという気持ちはある。だけど焦りたくない。時間をかけて、この恋を大事に育てていきたいと思う。

急ぎ足の恋なら何度も体験したが、こんなふうにゆっくりと始まる関係は、もしかしたら初めてのことかもしれない。もどかしくて、胸がうずうずと騒いでたまらない。なのに唇からは、幸せな溜め息が何度も落ちる。

いい年をして、まるで初めての恋に戸惑い、どうしていいのかわからずにいるティーンエイジャーのようだ。

――ねえ、ヨシュア。急がないけど、できるだけ早く俺のものになっておくれ。

矛盾しているとわかっていても、そう願わずにはいられなかった。ロブは甘く切ない気持ちを持てあましながら、ヨシュアの指先にそっとキスをした。

DUPLEX

黒いつぶらな瞳が、じっとこちらを見ている。

タープの日陰の下でヨシュア・ブラッドは、無視できないほどの強い目力に負け、自分の一挙手一投足を凝視している相手をチラッと盗み見た。

彼の望みならよくわかっている。たまらなく欲しいものがあるのだ。だが、それは叶《かな》わぬ夢というものだ。ヨシュアにすれば、同じ過ちを二度も犯すことはできない。

とはいうものの、その必死な視線に憐憫《れんびん》の情が湧く。ヨシュアは散々迷った末、ぎこちない手つきで彼の頭を撫《な》でた。しかしすぐに「しまった」と思い、慌てて手を引っ込めた。

我慢してくれという気持ちを込めてそうしたのに、黒い尻尾が元気よく左右に揺れ、ますます期待に満ちた態度になったからだ。こういう場面で頭を撫でるのは、どうやら逆効果だったらしい。

もうお手上げだった。正直、犬との接し方などヨシュアにはわからない。

「……そんな目で見たって、駄目なものは駄目なんだ」

無言のプレッシャーに耐えかねて、ヨシュアはとうとう小さな声で話しかけた。するとユウティは黒い耳をピクッと震わせた。

「この肉はお前にやれない。わかってくれ」

テーブルの上には、バーベキューの残りものが載っている。ユウティは敏感な鼻で焼けた肉の匂《にお》いを嗅《か》ぎ取り、さっきから片時もヨシュアのそばを離れようとしないのだ。

「ユウトが人間の食べ物は駄目だと言ったんだ。わかるか？　お前のマスターだ」

足もとに座ったユウティは、頭を傾けてヨシュアの言葉を聞いている。なんとも言えず愛らしい姿だが、いくら可愛くても肉はやれない。飼い主の躾《しつけ》は絶対だ。ヨシュアは心を鬼にして、物欲しげに自分を見上げているユウティから顔を背けた。

目の前には白い砂浜が広がっている。ダウンタウンから二十マイルほどの距離にあるレドンドビーチに来たのは、今回が初めてだった。白い砂浜と青い海の美しさは、もしかしたらサウスベイで一番かもしれないと思うほど、目に映る景色は絵葉書のように美しい。

泳ぐにはまだ少し早い季節なので人影はまばらだが、そこかしこでサーファーたちが波と戯れている。砂浜では、ディック、ユウト、ネト、トーニャの四人がビーチバレーに興じていた。午後の眩《まばゆ》い太陽の下でボールを打ち合う姿は、限りなく真剣だ。

バーベキューを楽しんだ後、食後の腹ごなしにと笑いながら始めたのだが、揃いも揃ってなまじ運動神経がよすぎるものだから、遊んでいるうちに本気になってしまったようだ。迫力のあるラリーが続いているので、通りがかった人たちも足を止めて見入っている。

「あ……っ。ネト！」

トーニャが叫んだ。レシーブしたボールが、遠くに跳んでしまったのだ。

「任せろ」

猛ダッシュしたネトが、頭から砂浜にダイブして果敢にボールを拾う。ボールは大きな弧を描き、ユウトたちのコートに入った。

「ユウト、行けっ」

ディックの声に応じるように、ネット際にいたユウトが砂を蹴《け》って跳び上がる。ユウトのアタックしたボールは、トーニャとネトの中間地点に勢いよく打ち込まれた。

「やったっ」

上半身裸のユウトは嬉しそうに叫び、スポーツサングラスをかけたディックと頭上で手を叩き合った。ギャラリーからも、まばらな拍手が湧き起こる。

「あーあー。すっかり本気になっちゃって、大人げないなぁ」

振り返るとすぐ後ろに、ピンク色のシャツに白いハーフパンツといった軽装の、ロブ・コナーズが立っていた。手には重そうなビニール袋を提げている。砂浜から通りを隔ててすぐの場所に建つビーチハウスへ、飲み物を取りに戻っていたのだ。

ロブの友人が所有しているビーチハウスは、ひとことで言うなら豪勢だった。バスルームの完備された寝室が、六部屋もあるというだけでも驚きなのに、広い庭には大きなプールがあり、地下にはシアタールームと、ビリヤードやエアホッケーなどが置かれたゲームルームまで設置されている。

ロブから「友人のビーチハウスを借りて一泊するんだけど、君もどう?」と誘われた時は、まさかこんなすごい別荘だとは思わなかった。ロブの友人は桁違いの金持ちばかりだ。

「食べてすぐなのに、よくあんなに動けるよね。タフな奴らだ」

ロブは感心しながら腰を落とすと、冷蔵庫から取ってきたビールやコークなどを、クーラーボックスに入れ始めた。

「君も参加してきたら?」

「いえ。私はこうやってのんびり景色を眺めているほうが、性に合っています。それにチームプレイは苦手なんです」

ヨシュアが真面目に答えると、ロブはなぜか笑いをこらえて「確かに」と頷《うなず》いた。

「アタックを決めた後、誰かと笑顔でハイファイブする君の姿なんて想像できないな」

「でしょうね」

素直に頷いた。自分の愛想の悪さなら、十二分に自覚している。

「ヨシュア。今のは嫌みじゃないよ。からかっただけ」

ロブはしゃがみ込んだまま、少し困ったような顔でヨシュアを見上げた。

「俺は君の不器用なところも大好きだ。わかってる?」

「わかりません」

反射的にそう答えてしまった。ハイファイブができないから好きだと言われても、なんだか納得がいかない。

ロブは「ま、いいや」とヨシュアの膝を叩いた。

「でも俺が、君を好きだってことだけは理解しておいて。ね?」

「それは……理解しています。以前から」

「よかった。安心したよ」

白い歯を見せて微笑《ほほえ》むロブから、ヨシュアは咄嗟《とっさ》に目をそらした。ロブの笑顔は魅力的すぎて苦手だ。上手く笑い返せない自分に、いつも失望する。

この年上の犯罪学者に好きだと言われてから、一か月が過ぎた。トーマス・ケラーの模倣犯、コリン・ウィリアムスに襲われ、肋骨《ろっこつ》にヒビが入ったロブは、しばらく何かと言えば胸を押さえて顔をしかめていたが、今ではもうすっかり元気だ。

ロブとはまだ友人以上、恋人未満の微妙な関係が続いている。言ってみれば膠着《こうちゃく》状態にあるわけだが、ロブの態度はいたって落ち着いたものだった。答えを迫ることもなければ、強引に求めてくることもない。けれど何かの拍子に、好きだという気持ちをさり気なくアピールしてくる。良くも悪くもロブは大人なのだ。自分の感情さえ摑みきれなくて、途方に暮れているヨシュアとは大違いだ。

――私に時間をください。多分、それほど長くは待たせないと思います。

一か月前、そう言ったのに、まだ答えを出せていない。ヨシュアは煮え切らない自分にうんざりしていた。曖昧《あいまい》さを嫌う性格だから、物事に白黒をつける決断力だけは人並み以上だと自負していたのに、今の自分は玩具売り場で欲しい物が決められなくて、指を咥えてウジウジしている五歳児も同然だった。

「ごめん。ちょっと押しつけがましかったね」

ヨシュアの暗い顔を見て、ロブが勘違いした。

「いいえ。ロブ、私は――」

待たせていることを謝らなくては。そう思って口を開きかけたが、ロブの隣で自分を見上げているユウティに気づき、言葉を失った。

並んで同じように首を傾けているロブとユウティ。ヨシュアを見つめる目つきまで似ている。人間と犬なのに、まるで親子のようだ。

「何？　どうしたの？」

「い、いいえ」

笑いたくなるのを必死で我慢して、ヨシュアは首を振った。言えやしない。いくら優しいロブでも、シリアスな場面で犬とそっくりだなんて言われれば、気分を害するだろう。

「もう汗だくよ。みんな、馬鹿みたいに本気を出すんだから」

トーニャの声が耳に届いた。バレーを終えた四人が戻ってきたのだ。ロブは何事もなかったように明るい笑顔でみんなを出迎え、それぞれに飲み物を手渡した。

「休憩したら、もうひとゲームしよう」

ネトの言葉に、トーニャが疲れた表情で答える。

「私はもういいわ。ヨシュアかプロフェソル、私と交代しない？」

「よし。じゃあ次は俺がネトと組もう」

ロブがすかさず返事をした。それを見たユウトが、「やったな」とディックに向かって勝ち誇った笑みを浮かべた。

「次も俺たちの勝ちだ」

「おいおい。失礼じゃないか。こう見えてバレーは得意なんだぞ。言っておくが、楽に勝てるなんて思ったら大間違いだ」

「へえ。それは楽しみだな」

「あ、その顔は嘘《うそ》だと思ってるだろ」

ロブとユウトが言い合うかたわらで、ディックはしゃがみ込んでユウティの頭を撫でた。

「ユウティの奴、どうしてヨシュアのそばから離れないんだ？」

「肉が欲しいんです。さっきから、目で私にそう訴えかけています」

トーニャが「賢い子ね」とユウティの耳を軽く引っ張った。

「一度もらえたから、二度目を期待してるんだわ」

ヨシュアは自分の過ちを悔いながら、「二度目はありません」と答えた。

知らなかったのだ。ユウティに人間の食べ物を与えてはいけないという決まり事を。だからバーベキューが始まったすぐの頃、物欲しそうにしているユウティに、うっかり肉をひと切れやってしまった。

「こいつは食いしん坊だからな」

ディックは笑いながら、ユウティの身体を乱暴に撫で回した。普段は隙を見せないクールな男なのに、端正な顔がゆるみまくっている。ユウティには驚くほど甘いのだ。

しばらくしてから、またビーチバレーのゲームが始まった。ロブとネトのチームは最初こそ負けていたが、奮闘の末、最後には辛くも逆転した。

「やったー！　勝ったぞっ。見たか、ユウト。これが俺の実力だ」

ネトと肩を叩き合って大喜びするロブを見て、ヨシュアは少しばかり呆《あき》れた。本気になって大人げないのは、ロブもまったく同じではないか。

けれどロブのそういうところも好ましかった。理知的で落ち着いているのに、時々、子供のようにムキになる。どこまでが本気でどこまでが装っているのか、ヨシュアには知る術《すべ》もないが、ひとつだけわかっていることがあった。

ロブはどんな時も人生を心から楽しんでいる。彼はたくさんのものを愛しているのだ。見ること、読むこと、話すこと、食べること、遊ぶこと。ひとりの時間をこよなく愛する一方で、仲間と過ごす時間も同じだけ大事にしている。彼の人となりを知るほど、いろんな面でバランスの取れた素晴らしい人だと思う。

「お、あそこでソフトクリームを売ってる。誰か食べないかい？」

ロブの問いかけにトーニャが手を上げ、「私も一緒に行くわ」と立ち上がった。ふたりがいなくなると、ユウトはヨシュアのそばから離れないユウティを見下ろした。

「ユウティ、お前も少し運動したほうがいいぞ。ディック、散歩をさせてこよう」

「ああ、そうだな。——来い、ユウティ」

ディックに名前を呼ばれ、ユウティは渋々といった態度で歩きだした。

タープの下には、ヨシュアとネトだけが残された。ネトはさっきまでトーニャが座っていたリクライニングチェアに身体を預け、リラックスした態度で海を眺めている。

たくましい二の腕に彫り込まれた、黒いトライバル・タトゥー。浅黒い肌。精悍《せいかん》な風貌《ふうぼう》。いつ見ても迫力のある男だ。

ヨシュアはネトが少しだけ苦手だった。なぜと聞かれても上手く説明できないが、彼がそばにいると妙に緊張してしまうのだ。ネトは強面《こわもて》だが愛想は悪くないし、他人にさりげなく気配りのできる優しい男だ。なのにそばにいると、どうしても気が抜けない。強いて喩《たと》えるなら自分がガードする警護対象者には、一番近づけたくないタイプの人間とでもいうのだろうか。

「——ヨシュア。プロフェソルはいい奴だ。俺は彼を心から尊敬している」

不意にネトが口を開いた。唐突な言葉に戸惑いながらも、「そうですか」と頷いた。

「彼は頭のいい男だが、その分、プライドも高い。自分の美学に反する行動は、無理をしてでも慎むタイプだ。意味がわかるか？」

ヨシュアは「いえ」と素直に首を振った。頭のいい男という部分には賛同できるが、後の部分はよく呑み込めない。ヨシュアの知るロブは、いつも極めて自然体だ。

「奴の言うことがどれだけ理に適っていても、丸ごと鵜呑《うの》みにしないほうがいいってことだ。特にお前に対しての態度や言葉はな」

ニヤッと笑いかけてくるネトを見返しながら、ヨシュアは形のいい眉をひそめた。

「あなたは何が言いたいんですか？」

「プロフェソルは片想いがどんなに辛《つら》くても、余裕のある態度を見せたがる。なぜなら、見栄っ張りの意地っ張りだからだ」

片想いという言葉にドキッとした。ヨシュアの怯《ひる》んだ気配を察したのか、ネトは安心させるように優しい笑みを浮かべた。

「口説かれているんだろう？　お前も彼を憎からず思っている。違うか？」

「……違いません」

少し迷ってから、ヨシュアは肯定した。ロブとのことは自分から他人にベラベラと話す事柄ではないが、かといって必死になって隠すような問題でもない。

「お前の前では平然と振る舞っているが、今のプロフェソルはかなり無理をしている」

「無理？　そんなふうには見えませんが」

訝《いぶか》しく思い反論すると、ネトは「見えないだけだ」と苦笑いを浮かべた。

「彼は自分を演出できる男だからな。だが、ああ見えて実際はデリケートだ。ひどく繊細な心を持ってる。なるべくいたわってやってくれ」

ネトの言い方に棘《とげ》はない。だから嫌な気分にならなかった。ただ憂鬱《ゆううつ》にはなった。ネトの言葉が本当なら、自分の曖昧な態度がロブを苦しめていることになる。

ロブがあまりにも明るい態度で接してくるから、自分だけが悩んでいるのではないかと思っていた。それどころかロブの軽い態度を目の当たりにするたび、実際はそれほど本気ではないのかもしれないと、心のどこかで彼の気持ちを疑っていた気がする。

「ユウティの奴、泳ぎだしたぞ」

ネトの言葉に誘われて海に目をやると、ユウティが波間を漂いながら達者な犬かきを披露していた。ユウトとディックは肩寄せ合って、必死に泳ぐユウティを眺めている。

ディックがユウトの耳もとで何か囁《ささや》いた。ユウトが笑っているところを見ると、何か冗談でも言ったのだろう。ユウトはいい加減にしろというふうに、ディックの胸に身体をぶつけた。ディックは余裕で受け止め、さり気なくユウトの肩に腕を回した。

一見すると、仲のいい友人同士がふざけ合っているように見えるが、実際の関係を知っているヨシュアには、照れくさくなるような仲睦まじい姿だ。

「写真に撮っておきたい光景だね」

すぐ後ろでロブの声がした。振り向くとソフトクリームを持ったロブが、目を細めてユウトたちの姿を眺めていた。

「ホント。幸せそうな後ろ姿」

同じようにソフトクリームを握ったトーニャが、ロブと視線を合わせて微笑み合った。

「ねえ、ネト。ユウトたちを見てると、とびきり素敵な恋がしたくならない？」

トーニャはネトのそばにしゃがみ込むと、悪戯《いたずら》な目つきで兄の口もとにソフトクリームを近づけた。ネトは顔をしかめながらも、渦巻き状のソフトクリームをひとくち舐《な》めた。

「俺は遠慮する。恋愛は疲れるからな」

「ネトが疲れるのは女の我が儘《まま》でしょ。そんなんじゃ、一生結婚なんてできないわよ」

「大きなお世話だ。お前こそ、早く物好きな男を見つけてこい」

トーニャはムッとした表情で、ネトの額をパチンと叩いた。


夕方頃、ビーチハウスに戻ってからは、それぞれビリヤードやエアホッケーに興じたりしながら、気ままに時間を過ごした。夕食はロブの手料理をご馳走《ちそう》になり、食後はリビングのソファに集まって酒を飲んだ。

みんなは次々とグラスを空けていたが、酒に弱いヨシュアだけは一杯のワインを、舐めるようにチビチビと飲み続けた。

「そういえばこの前、ロス市警の会議室で講義をさせてもらったよ」

ロブの言葉にユウトが反応した。

「もしかしてSWATを相手に？」

「ああ。交渉人のスキルアップのために、犯罪学と心理学の専門家として招かれたんだ」

SWATは警察に設置された特殊部隊だ。普通の警察官では対処しきれない凶悪犯罪が起きた時だけ出動する。

「言っちゃあ悪いけど、少々失望したよ」

「どうして？　ロス市警のSWATは有名なだけでなく優秀だ」

ユウトが不服そうに言い返すと、ロブは軽く肩をすくめた。

「俺ががっかりしたのは交渉班のことだ。講義が終わった後に、俺が立て籠《こ》もりの犯人役を演じてシミュレーションしてみたんだけど、これがまあひどいもんでね。あの未熟な交渉術だと、人質はいつまでたっても解放されないよ」

「……交渉班か。今年に入ってベテランの交渉人たちが次々に退職したせいで、経験の浅い若手と総入れ替えになったと聞いたな」

ユウトは渋い顔で内情を打ち明けた。

「そうみたいだね。講義の前に資料を見せてもらったけど、今年に入ってから人質交渉班による交渉で無事に解決した事件は、全体の約六十パーセントだった。伝統を誇るロス市警のＳＷＡＴにおいて、これは極めて低い数字と言わざるを得ないよ」

「プロフェソル。今は講義の時間じゃないわ。もっと色気のある話をしましょうよ」

隣に座っていたトーニャが、にっこり笑ってロブの頰を摑んだ。

「ごめんごめん。で、色気のある話って何？」

「そうねぇ。たとえば、あなたの初恋の話とか。ロブ坊やの初体験は何歳の時だったのかしら」

「ええ？　俺の初体験？　そんな大昔の話、聞いてどうするの」

「だって興味があるじゃない。恋のエキスパート、コナーズ教授の初陣よ。ねえ？」

トーニャが同意を求めるように皆を見回すと、ネトは「ぜひ聞きたいな」と冷やかし、ユウトは「俺も知りたい」と手を上げ、ディックは「右に同じく」とクールに微笑んだ。仕方ないので、ヨシュアも同意するように頷いた。

「ああ、そうかい。そんなに知りたいなら教えてやるよ。俺の初体験は十四歳の時だ。相手は姉のボーイフレンド。フットボール部のキャプテンで、なかなかのハンサムボーイだった」

ロブがやけくそ気味に言い放つと、ヨシュアをのぞいた全員がブーイングを始めた。

「お姉さんの恋人を寝取ったのか？　君って最低だな」

ユウトが大袈裟《おおげさ》に非難すれば、トーニャも「まったくだわ。ひどい人」と同意する。口々に責められ、ロブは両手を挙げた。

「わかってる、わかってるよ。俺だって悪いことをしたと思ってるんだ。けど、あの頃はまだ子供だったから、自分を上手くコントロールできなかった。おかげで姉とは、長いこと関係がこじれたよ。肉親から憎しみの目で見られることが、どれだけ辛いか身に染みてわかった。もういいだろう？　俺が話したんだから、みんなも話せよ」

ロブはそう言ったが、結局、誰も自分の恥ずかしい過去を、馬鹿正直に打ち明けたりしなかった。

「なんだよ。卑怯《ひきょう》なのは君らだぞ。俺にだけ話させて、ずるいったらありゃしない。……ヨシュア、君は違うよね？」

「え……？」

いきなりお鉢が回ってきたので、ヨシュアは目を瞠《みは》った。ロブはヨシュアの戸惑いを気にもせず、興味津々といった態度で身を乗りだしてきた。

「君の初めての相手はどういう女の子だった？　可愛い子？　それとも美人なタイプ？」

「……よく覚えてません」

「そんなことないだろう。で、何歳の時だったの？」

「ロブ。いくら聞いても、私は言いませんよ」

ヨシュアが軽くにらみつけると、ロブは残念そうに「君も秘密主義者か」と溜め息をついた。

「いいよ。君には黙秘権がある。君の発言は裁判で不利な証拠として使われることがある。まずは腕のいい弁護士を雇うといい」

ロブは警察官が容疑者を逮捕した時に必ず言わなければならない、ミランダ警告を引用してヨシュアをからかった。

その後もくだらない話で盛り上がり、お開きになったのは日付が変わる頃だった。寝室はすべてツインで、ユウトとディック、ネトとトーニャ、ロブとヨシュアの組み合わせで割り振られている。ヨシュアはロブと一緒に自分たちの寝室に向かい、交代でシャワーを浴びた。

ヨシュアが浴室から出てくると、先にシャワーを済ませていたロブはベッドに横たわり、テレビのニュース番組を眺めていた。少しだるそうな顔をしている。

「疲れたんじゃありませんか」

バーベキューや料理の支度などは、すべてロブが担当した。本人の希望とはいえ、あれだけの準備をひとりでこなすのは、かなり大変だったはずだ。

「いや、全然。ちょっと眠いだけ」

ロブはにっこり微笑んで、かたわらに立つヨシュアを見上げた。気怠《けだる》い雰囲気と優しい瞳の組み合わせが、妙にセクシーに見えてドキッとする。内心の動揺を押し隠し、ヨシュアは自分のベッドに腰を下ろした。

「もし同室が嫌なら、俺は他の部屋で寝るよ」

ヨシュアは怪訝《けげん》に思い、真意を問うようにロブを見た。

「俺が隣にいると、安心して眠れないんじゃないかと思ってね」

「私はあなたがそばにいても熟睡できますので、お気づかいなく」

からかわれているのだと思い、ヨシュアはきっぱり言い切った。こういう場面でヨシュアが照れたりすると、ロブはウブだと言って面白がる傾向がある。

「……君って本当に容赦ないね。俺ってそこまで問題外？」

気落ちしたトーン。ヨシュアは自分が大きな間違いを犯したことに気づいた。ロブは真面目に自分を気づかってくれたのだ。

「そりゃ、俺に迫られたところで、君なら片腕で撃退できるだろうけどさ。好きな相手にまるっきり意識されないって、結構こたえるよ」

すっかり悄気《しょげ》てしまったロブを見て、ヨシュアは慌てた。

「ロブ、違うんです。あなたは問題外ではありません。そうじゃなくて——」

「もういいよ。無理しないで。別に怒ってないから。お休み」

背中を向けて寝る態勢に入ってしまったロブを眺め、ヨシュアは途方に暮れた。

——どうしよう。どうすればいいんだ？

不用意な言葉でロブを傷つけてしまった自分に、言いようのない腹立たしさが募った。

いつもこうだ。自分の言動は他人を不快にさせる。悪気はなくても、ありとあらゆる面において無神経すぎるのだ。自覚があるのに、ちっとも改善されない。

思えば昔から、他人と上手くコミュニケーションの取れない子供だった。不器用というより、感情の一部が上手く機能していないかのように、他人や周囲への関心が薄かった。

他人に興味がないのだから、当然、人の気持ちを察することもできない。それと同じくらい、自分自身の問題についても無頓着《むとんちゃく》だった。だからいつも周囲から浮いた存在だったが、そのことさえ気にならなかったのだから、自分は相当の変わり者だと思う。

大人になって自分を冷静に観察できるようになり、わかったことがあった。この厄介な性格は育った環境に負うところが大きい。

「――ヨシュア?」

ロブの呼びかけが聞こえ、ヨシュアは顔を上げた。心配そうな表情のロブが、上体を起こしてこちらを見ていた。

「どうしたの。そんな深刻な顔をして。俺が本気で怒ったと思った?」

「……怒ってないんですか?」

「あれくらいのことで、怒るほど狭量じゃないよ。ちょっと拗《す》ねたふりをしてみただけさ。君に構ってほしくてね」

ニヤニヤ笑うロブを見て、ヨシュアは心の中でネトに文句を言った。――全然、デリケートじゃないし、繊細でもない。

「傷つけたと思って、本気で焦ったのに……。あなたはひどい人だ」

上目遣いに強く見つめると、ロブはなぜか頭痛がしたかのように右手で額を押さえ、黙り込んでしまった。

「ロブ？」

「いや、なんでもない。ちょっとこっちにおいで。大丈夫、変な真似はしないから」

「そういう言い方はやめてください」

ヨシュアはすぐさま立ち上がり、ロブのベッドに腰を下ろした。

「何か気に障った？」

「まるで私が貞操を守りたがっている女性みたいじゃないですか。私はウブな女の子でも、まして や怯える子羊でもありません」

ロブは笑いを含んだ柔らかな瞳で、怒るヨシュアを見上げている。

「ごめん。君は男らしいよ。俺なんかより、ずっとね。……余計なことばかり言ってしまうのは、下心があるからだ。疚《やま》しさを誤魔化そうとすると、男は自然に言葉が多くなる」

膝に置いた手を、そっと握られた。

「君の気持ちがはっきりするまで待つと決めたのに、俺は駄目な男だ。本音を言えば、いつだって君が欲しい。自分を抑え込むのに必死なんだよ」

親指の腹で手の甲を撫でられた。些細な接触なのに、そこからあやしい熱が生まれてくる。

「そんなふうには見えません。あなたはいつも余裕のある大人ですから」

「上辺はね。でも心の中は大変なことになってる。いつだって君に振り回されっぱなしだよ」

ロブの視線が息苦しい。ヨシュアは俯《うつむ》いたまま、繋《つな》がっている手を見つめ続けた。

こんなふうにロブの赤裸々な気持ちを聞くのは、気恥ずかしくなるが決して嫌ではなかった。本気で好かれている。本当に求められている。その事実を突きつけられ、胸の奥がジワッと熱くなる。

ヨシュアは唐突に、もういいのではないかと思った。ロブの好意を嬉しいと感じているなら、素直に恋人になると言ってしまえばいいのだ。そうすれば、このモヤモヤした気持ちにもケリがつくだろう。何より、ロブを待たせているのが辛い。これ以上、優柔不断な態度でロブを振り回したくない。

「あなたは優しすぎます。もっと強引になってもいいのに……。あなたに本気で求められたら、私はきっと拒めません」

俯いたまま、早口で言い切った。ヨシュアにはそれが精一杯の意思表示だった。

「もしかして、俺は誘惑されてるのかな？」

「……そう思っていただいて構いません」

長い沈黙の後、ロブはヨシュアの手を持ち上げ、手の甲にそっとキスをした。

「君の決意はすごく嬉しいけど、今夜はやめておこう。無理はさせたくない」

「無理ではありません」

「そうかな。君は本気で俺を欲しいと思ってるの？　そうじゃないよね。君の背中を押しているのは義務感や罪悪感であって、恋愛感情でも欲望でもない」

確かにその通りだった。けれど、まったく恋愛感情がないと言い切られるのは面白くない。ゲイでもないのに男とセックスしてもいいと思えるのは、そこに特別な感情があるからだ。

ヨシュアはロブに摑まれた手を、やや強引に引き抜いた。

「あなたはなんでもお見通しなんですね。私の心の中もすべてわかっているらしい」

「ヨシュア。怒らないで。俺の望みは君と寝ることじゃない。いや、もちろんしたいよ？　すごくすごく君が欲しい。でももっと欲しいのは君の心だ。君が自分から俺を欲しいと思ってくれるまで、待ちたいんだ」

ロブの気持ちは嬉しいが、それは理想論だと思った。

「もし、そんなふうに思えなかったら？　あなたのことは好きでも、私はゲイじゃない。あなたに触れられるのは嫌じゃないし、多分、そういう行為も受け入れられると思います。でもだからといって、自分から男と寝たいと思うかどうかは、また別の話です」

ひどいことを言っているのはわかっていた。けれど今のヨシュアにできることは、自分の気持ちを率直に伝えることだけだ。ロブが誠意を示してくれているのだから、自分も嘘だけはつきたくない。

「すみません。言葉を選べなくて」

ロブの手がヨシュアの頬に添えられた。そのぬくもりに心がゆるみそうになる。

「いいんだよ。俺は君の正直なところも大好きだから。……本当のこと言うと待つのは辛い。裁判で判決を待っている被告人の気分だ。でも俺はふたりの関係を急がず焦らず、ゆっくりと育てていきたいんだよ。君に無理させたり、強引な方法で気を引いたりするんじゃなくてね。だから君も納得いくまで考えて。焦らなくていいから」

ヨシュアは黙って頷くしかなかった。ふたりの関係において大事なのは、セックスできるかどうかではなく、ヨシュアがロブを自分の恋人として受け入れられるかどうかなのだ。

「ちょっと喉が渇いたな。何か飲んでくるから、先に休んでいて」

ロブはベッドを下り、部屋から出ていった。気を利かせてくれたのかもしれない。

ヨシュアは自分のベッドに横たわり、天井を眺めながら考えた。自分でも不思議に感じる。好きなのに、なぜ決断できないのだろう。明快な態度が取れないのは、セクシャリティの問題を乗り越えられないせいだと思っていた。ゲイではないから、簡単にロブを受け入れられない。一線を乗り越えるためには、思いきりがつくまで時間がかかる。自身でそう解釈していた。

だが実際は違うのかもしれない。ロブとならセックスしてもいいと思えるのだから、自分が乗り越えるべき問題はセクシャリティではなく、もっと根本的な部分にあるのではないか。

他人と密接な関係を築けない自分。乱暴に言ってしまえば、他人を愛することができないのも同然だ。これまで、相手に望まれてつき合ったことは何度かある。一応、恋人と呼べる関係だったと思うが、誰とも長くは続かなかった。相手を心から必要と思えなかったせいだ。

どんなに好ましいと思う女性でも会えなくて寂しいとか、ずっと一緒にいたいとか、そういう情熱はついぞ感じなかった。冷たい恋人に嫌気が差して離れていく女性たちを、何人も見送ってきたが、それでも寂しいとは思わなかった。ヨシュアには他者の不在を苦痛に思う感情が、きれいに欠損していたのだ。

ヨシュアが心から愛することができた人間は、この世でただひとり。それはトーマス・ケラーに殺された、姉のシェリーに他ならなかった。

幸せではなかった少年時代。ヨシュアの灰色の世界で、シェリーだけが色を持った美しい存在だったのだ。

手がぶつかってミルクの入ったグラスを、テーブルの上に倒してしまった。自分のものではなく、シェリーのグラスだ。

父親が立ち上がると、母親は「すぐ拭《ふ》くわ」と逃げるようにキッチンに入ってしまった。

「ヨッシュ。またやったな」

苛立《いらだ》ちを感じさせる冷たい声。ヨシュアはテーブルクロスに広がる白い液体を見つめた。

「いい加減にしろっ」

大きな手で容赦なく頬を張られた。瞬く間にヨシュアの白い頬が真っ赤になる。

「パパ、ごめんなさい」

隣でシェリーが声を出した。

「ヨッシュは悪くないの。私がヨッシュの前にコップを置いたからいけないの」

父親は打って変わって、シェリーには優しい目を向けた。

「お前は弟思いのいい子だな。でもグラスを倒したのはヨッシュだ。ヨッシュは不注意が多すぎる」

「でもまだ六歳だもの」

「小さくても関係ない。むしろ小さい時の躾は大事なんだ。パパはヨッシュのために叱《しか》っているんだから、邪魔しちゃいけないよ。……ヨッシュ。もうしませんと言いなさい」

ヨシュアは沈黙を守った。二度とグラスを倒さないなんて、約束できるはずがない。

「言わないかっ」

今度は頭を叩かれた。はずみでヨシュアの華奢《きゃしゃ》な身体が、椅子の上から転がり落ちる。

「パパ、やめてっ」

シェリーが床に落ちたヨシュアの身体を抱き締めた。父親が何か言おうとした時、電話が鳴った。彼は舌打ちして、受話器を摑んだ。

会社の同僚からの電話だったらしく、父親は愛想のいい声で話し始めた。

「わかってるよ、マイケル。必ず行くって。ええ？　まさかだろう。奴がそんなことを？」

父親が談笑しながら廊下へ出ていくと、シェリーはヨシュアの赤い頰を優しく撫でてくれた。

「こんなに赤くなって可哀想に。後で冷やしてあげるからね」

泣きそうなシェリーの顔を見るのは辛かった。

母親はといえば、キッチンに逃げ込んだまま、最後まで戻ってこなかった。


ヨシュアの父、チャールズ・ブラッドは大手銀行に勤めるエリート行員だった。他人の目に彼は非常に優秀で、そのうえとびきりハンサムな男として映っていただろう。若くして副支店長に昇進し、美しい妻とふたりの子供に恵まれ、順風満帆な人生を歩いている男。それがチャールズの上辺の顔だった。

だが実際のチャールズは気に入らないことがあると、すぐに暴力を振るう自分勝手な男だった。外では温厚で人当たりのいい人物を演じているが、ひとたび家に帰ってくると恐ろしい暴君に様変わりするのだ。

母親のサラは、夫から日常的に加えられる暴力にいつも怯えていた。それでもチャールズを愛していたのと弱気な性格が妨げになって、離婚という最終手段を選ぶことなく、その不幸な人生をまっとうした。

サラが夫の暴力から解放されたのは、ヨシュアが十歳、シェリーが十五歳の時だった。心臓に持病を抱えていたサラは、病状の悪化により心不全で急逝したのだ。

ヨシュアは母親が死んでも、さほど悲しいとは思わなかった。なぜなら心の奥深くで、母親を嫌っていたからだ。サラはチャールズを恐れるあまり、我が子が理不尽に叩かれていても、見て見ぬふりをし続けた。夫の後ろで「やめて、チャールズ……」と弱々しく呟《つぶや》くだけの母親を見るたび、ヨシュアの幼い心は固い殻をおおうようになった。

サラの死後、チャールズの暴力はヨシュアだけに向けられるようになった。チャールズの癇《かん》癪《しゃく》は些細なことで爆発する。テストの結果が悪い。部屋が片づいていない。階段を上がる足音がうるさい。目つきが反抗的だ――。本人は躾だと言い張ったが、到底、愛情は感じられず、ヨシュアのチャールズに対する想いは憎しみだけに染まっていった。

チャールズの暴走を止めに入ってくれるのは、いつも姉のシェリーだった。チャールズはシェリーを溺愛《できあい》していたので、彼女にだけは手を上げることがなかったのだ。

そんな家庭環境のせいかヨシュアは極端に無口になり、学校でも必要最低限の言葉しか喋《しゃべ》らなかった。だが協調性はなくても勉強はできたのと、与えられた指示には従う素直さがあったため、教師たちはヨシュアに変わり者のレッテルを貼るだけで、特別に問題視することはなかった。

ヨシュアが成長して体格的に互角になってくると、チャールズの攻撃は暴力より言葉に託されることが多くなった。お前は出来損ないだの、自分に似ていないのはサラが浮気をしてできた子だからだの、ヨシュアの存在そのものを否定するような暴言を頻繁にぶつけてきた。ヨシュアは憎しみを募らせながらも、無表情の仮面を被《かぶ》り、心の中で「こんな男、早く死ねばいいのに」と吐き捨てることで、精神の均衡をどうにか保ち続けた。実際問題、シェリーがいなければ、何かのはずみで父親を刺し殺していたかもしれない。そう思うほど、ヨシュアの抱える憎しみの根は深かった。

けれどそんな生活は、ある日、突然に終わった。チャールズが交通事故に遭い、急死したのだ。葬儀の後、シェリーはヨシュアを抱き締め、さめざめと涙をこぼした。彼女は父親の死を悲しんでいたが、同時にヨシュアを虐げる者がいなくなったことに、心から安堵《あんど》していたのだ。

その頃、シェリーはすでに成人していたが、ヨシュアはまだ高校生だった。ふたりの今後を心配したサラの姉とその夫が、自分たちの住むワシントンDCに来ないかと誘ってくれた。シェリーはヨシュアのためにも、新しい土地で新しい生活を開始したほうがいいと考え、住み慣れたLAから離れる決心をした。

それはヨシュアにとって、よい結果をもたらした。新しい高校に通うようになったヨシュアは、少しずつ変わり始めたのだ。一番の変化は友人やガールフレンドができたことだ。新しい環境で暮らすうち、父親の呪縛《じゅばく》からも解き放たれ、ヨシュアの心は自由になったのだろう。

シェリーにも恋人ができ、ヨシュアが大学に入った年、ふたりは結婚した。ヨシュアはふたりの結婚を祝福したが、内心ではシェリーを失う悲しみに胸を痛めていた。結婚しても姉弟の絆《きずな》が消えるわけではないが、シェリーを他の男に奪われることは、ヨシュアにとって耐え難い苦痛だったのだ。

シェリーの夫、ティム・モーハンは決してハンサムではないが、落ち着いた雰囲気の優しい男だった。愛想の悪いヨシュアにも笑顔を向け、いつだって親切にしてくれたのに、シェリーを奪われたという悪感情も手伝い、最初はどうしても好きになれなかった。

しかし彼が何ものにも代え難いほどに、シェリーを深く愛していることがわかってくると、いつしかティムを疎ましく思う感情は消え去っていった。何より結婚してからのシェリーは、本当に幸せそうだったのだ。最愛の姉の幸せ。それこそがヨシュアの願いだった。そのためなら、自分の寂しさなど二の次なのは当然だ。

けれどシェリーの幸せな結婚生活は、一年しか続かなかった。ある日、突然、シェリーが消えてしまったのだ。ヨシュアとティムは、シェリーが自分の意思で姿を消すなどあり得ないと知っていたので、すぐさま警察に捜索願を届け出た。だが警察は犯罪に巻き込まれた形跡がない成人の失踪《しっそう》には冷淡だった。

ヨシュアとティムは地道にシェリーの行方を捜し続けたが、彼女が忽然《こつぜん》と姿を消してしまった理由がわかったのは、二年後のことだった。

きっかけはトーマス・ケラーの逮捕だ。彼のコレクションの中から、シェリーのものと思われる耳が見つかったのだ。

ヨシュアは車の中で重い溜め息をつき、騒がしいラジオを切った。場所はロブの家の前。在宅を示すように、部屋には灯りがついている。

仕事が終わってここに来るまでの道すがら、ヨシュアは頭の中でずっと昔の出来事を辿《たど》っていた。他人と密接な関係を築けないのは、父親との関係が悪かったせいだと思う気持ちが、自然と過去を思いださせたのだが、今さら何を掘り起こしたところで無意味なのもわかっていた。どう足掻《あが》いても過去は変えられない。

ビーチハウスでの休暇から、一週間が過ぎていた。三日に一度は電話をかけてくるロブなのに、あれ以来、なんの音沙汰《おとさた》もない。いくらでも待つと言ってくれたが、内心では煮え切らない自分に苛立っているのではないか。そう思うと、いてもたってもいられなくなり、仕事を終えると車を飛ばして来てしまったのだ。

だがいざとなると、会うのが怖かった。ロブはきっと嫌な顔を見せず、いつも通りに歓迎してくれるだろう。しかし内心まではわからない。当たり前だ。人の心の奥なんて、誰にものぞき見ることはできない。いくらロブがにこやかに笑っていても、それがすべてと思ってはいけないのだ。

ヨシュアはまた溜め息を落とし、ハンドルを叩いた。どうしてこうなのだろう。人を疑ってかかるのは、自分のもっとも恥ずべき部分だ。見知らぬ他人ならともかく、ロブは自分にとって大事な人なのに――。

他人を信じ切れないのも、自分をさらけだせないのも、すべて父親のせいだと思う。幼い頃から感情を押し込めてきたから、自分の想いを態度に出したり、人に伝えることが下手になってしまった。

心身共にバランスの取れたロブを見ていると、自分がひどく駄目な人間に思えてくる。だから、こう考えずにはいられないのだ。

――自分は果たして、ロブに相応《ふさわ》しい人間なのか？

ロブほどの男に想われることは光栄だが、時々、自分にはできすぎた相手だと気が重くなる。彼ほどの男なら、いくらでも素晴らしい人間を恋人にできるだろう。自分なんかとつき合うのは、彼にとってマイナスになるだけではないか。

どうせ、すぐ愛想を尽かされる。今までだってそうだった。どの女の子も最初は「素っ気ないところがいい」と言って近づいてきたくせに、最後には「冷たい人ね」と失望をあらわにして去っていった。

だが、今までと違う部分がある。ロブにだけは嫌われたくないのだ。なのに、素直に好きだと言って自分を預けることもできないでいる。自分はどこまで駄目な人間なんだろう。

窓ガラスを叩く音が聞こえ、ヨシュアは我に返った。暗がりの中にロブが立っていた。慌てて窓を下げると、ロブが「やあ」と微笑んだ。

「車の中で何してるの？　なかなか降りてこないから、気になって迎えにきちゃったよ」

「私が来ていることを知っていたんですか」

「君の車のエンジンの音は、どこにいたって聞こえるんだ。さあ、部屋に入って」

ロブの明るさにホッとしながら車を降りた。ヨシュアがリビングのソファに腰を落ち着けると、ロブはコーヒーを持ってきてくれた。

「君のほうから来てくれるなんて嬉しいな。どういう風の吹き回し？」

「近くまで来たので、寄ってみました」

連絡がないから不安になったと言えるはずもなく、ついそんな嘘が口をついて出た。ロブは笑ったままの顔で「そう」と小さく頷いた。

ふたりの沈黙を埋めるように、テレビの中では美人の女性キャスターが淀《よど》みなくニュースを伝えている。

「……あのさ。もし嫌でなかったら、話を蒸し返してもいいかな？」

ロブが遠慮がちに切りだしてきた。ヨシュアがどの話なのか聞くと、ロブはビーチハウスでの話だと答えた。つまりは、あの夜の会話ということだ。

「構いません。どうぞ」

「ありがとう。じゃあさっそく。実はずっと気になっていることがあってね。寝室で君に誘惑されただろう?」

ヨシュアは飲みかけのコーヒーで咽《む》せた。ロブが「ごめんごめん」と笑って謝りながら、クリネックスの箱を差しだしてくる。

「からかったんじゃなくて、真面目な話だから怒らないで聞いてくれ」

ゴホゴホと咳《せ》き込《こ》みながら、ヨシュアは無言で頷いた。

「君は俺と寝てもいいと思ってる。もちろん、無理をしての決断だとはわかってるよ。でも、俺が本気で迫れば、君は拒まないってことだよね?」

「……はい」

「だけど俺の恋人になるとは言ってくれない。それってセックスはいいけど、本気の恋愛は嫌ってことなのかな?」

ヨシュアは固い表情で、使い終わったクリネックスを丁寧に畳み始めた。——そういう言い方だと、まるで自分が快楽主義者のようではないか。

「あれ? もしかして怒ってる?」

「怒っていません。続きをどうぞ」

「そう? じゃあ、遠慮なく。俺は君が迷っているのは、セクシャリティの問題のせいだと思ってた。ゲイでもないのに男とつき合うのは、相当に勇気がいることだ。まあ、もっとぶっちゃけて言うと、男とセックスするのってハードルが高いよね。てっきり、君もそこを乗り越えられないから、答えを出せないいんだろうって考えていた」

ロブは極めて真面目な顔で話を続けていく。

「でも君は無理をすれば、その問題をクリアできるらしい。逆に言えばクリアできるくらいには、俺のことを好きでいてくれるってことだ。違う？」

「……違いません」

「なのに恋人にはなりたくない。それがどうしても解《げ》せないんだ」

ヨシュアはなんとなく今の自分は、刑事から取り調べを受ける容疑者のようだと思った。黙秘権を主張して沈黙を守りたいが、相手がロブではそうもいかない。

「恋人になりたくないなんて、ひとことも言ってませんが」

「じゃあ、本気で俺の恋人になりたいんだ？」

「はい。そう思っています」

なぜかロブは難しい表情で黙り込み、ソファの背もたれに深く身体を預けた。

「考えるほど、よくわからないな。君が決断できない理由はどこにあるんだろう？　……まさかと思うけど、俺のこと焦《じ》らして楽しんでる？　――いや、ないよね。そんなこと」

ヨシュアの冷たい目を見て、ロブは慌てて言い足した。

「待つのはいいんだけど、なんとなく君の気持ちが膠着状態に陥っているように思えて、気がかりなんだ。一歩が踏みだせない自分を責めて、気持ちがブルーになってない？」

ロブの明るい茶色の瞳を見つめながら、ヨシュアは泣きそうな気分になった。

この人は、どうしてこんなにも優しいのだろう。こんな話を始めたのも自分のためではなく、ヨシュアを心配してのことなのだ。ヨシュアが自分の心を追いつめていると察し、手を差し伸べようとしてくれている。

「ロブ。私は恋愛には不向きな人間です。正直に言えば、これまで本気の恋愛をしたことがありません。二十七にもなって、変でしょう？」

「変じゃないよ。でもつき合った女性はいるんだろう？」

「はい。でもそれは相手が望んだからで、私はいつも受け身の態度でした。子供の頃から、他人と密接な関係を持つことが苦手だったんです。……多分、父親のせいです」

ロブは指先で顎《あご》を撫で、「父親か」と呟いた。

「もしよかったら、君がそう思う理由を聞かせてくれる？　嫌なら無理しなくていいよ」

ヨシュアは迷ったが、ロブならきっと理解してくれると思い、自分の育った家庭環境や、父親がどんな人間だったか、またそのせいで憎しみの感情を常に抱えていたことなどを語って聞かせた。

ロブは口を挟むことなく、相槌《あいづち》を打ちながら黙って聞いていた。だがヨシュアがすべて話し終えると、感情の読めない顔でひとこと「それで?」と呟いた。ヨシュアは呆気に取られた。

「……それで? あなたは私の言うことを聞いていなかったんですか?」

「聞いていたよ。でも、だからどうしたいんだって思う」

ロブの反応の冷たさに、ヨシュアは半ば呆然《ぼうぜん》となった。

「どう、したい……?」

「ああ。親からの暴力は子供の精神状態や対人関係に、強く影響を及ぼす。大人になってもこの問題を克服できないケースは非常に多い。君が他人と上手く関われないようになったのは、確かに父親との関係が良好ではなかったせいだろう。君はそのことを理性的に理解しているけど、理解しているだけで何もしていないよね。自分を変えたいと思っているなら、一歩を踏み出さないと」

ヨシュアはロブの態度に深く失望した。正論すぎるほどの正論だが、そんなことを言ってほしくて、自分の過去を打ち明けたのではない。

「私はカウンセリングなど望んでいません。ただわかってほしかっただけです」

「わかっているよ。わかった上で言っているんだ。……ねえ、ヨシュア。誰だって程度の差はあれ、他人との間に壁をつくっている。君の場合は、その壁が人より少し高くて頑丈のようだけど、内側に誰かを招き入れたいと思うのなら、努力しないと駄目だ。壁を眺めて溜め息をついているだけじゃ、何も変わらないよ」

壁を眺めて溜め息をついている。まさに今の自分の姿だと思った。

「努力と言われても、どうすればいいのかわかりません」

「ヨシュア。そうやって考えることを放棄するのは、よくない傾向だ」

教師のように自分を諭すロブにうんざりして、ヨシュアは思わず顔を背けた。子供っぽい仕草だとわかっているが、反抗的な気分の時に愛想笑いなど浮かべていられない。

「拗ねる君は最高に可愛いけど、この際だから言わせてもらうよ。君の父親は確かに人として最低の過ちを犯したが、すべて終わったことだ。君自身のために、こだわりを捨てたほうがいい。過去に囚われてばかりいると、自分から幸せを遠ざけることになる」

それ以上、聞きたくなくて、ヨシュアがソファから立ち上がった。

「もう結構です。あなたに私の気持ちなんて、何ひとつわかりはしない」

「そうだよ。他人の気持ちなんてわかるはずがない。でもわかりたい、わかってもらいたいと思うことで、お互いに努力することはできる」

ヨシュアが返すべき言葉を探していると、テレビからある男の名前が聞こえてきた。ヨシュアとロブは、同時にテレビを振り返った。

「――繰り返します。トーマス・ケラーの死刑執行が決定致しました。ケラー死刑囚は現在、入院中ですが、近日中には刑務所に戻されるということです。この決定を受け、死刑廃止を訴える人権擁護団体は、州知事への抗議――」

ロブはリモコンを摑むと、テレビの電源を切った。ヨシュアは何も映っていない画面を凝視したまま、とうとうその時が来たのだと思った。

トーマス・ケラーが死刑になる。シェリーを殺した男がこの世からいなくなる。

「死刑囚に与えられた待ち時間は、時代と共にどんどん長くなっているのに、これは異例の早さだな。助けた命をあっさり殺すなんて、矛盾極まりない」

珍しくロブが不機嫌な感想を漏らした。ケラーはコリン・ウィリアムスに殺されかけたが、病院で手当てを受け、なんとか一命を取り留めたのだ。

「矛盾していません。ケラーには刑が執行されるまで、生きる義務がある」

ヨシュアが冷ややかに言い返すと、ロブは少し不快そうに眉をひそめた。ロブは死刑廃止論者だ。彼の書いた本を何冊も読んでいるので、それくらいのことは知っている。

「死刑になるまで、勝手に死ぬことは許さないと言いたげだね」

「許しません。彼は何人もの罪なき女性を殺した死刑囚です。自らの命でもって、罪を償う義務があります」

ロブは憂鬱そうな顔で「義務か」と呟いた。

「あなたは死刑制度に反対していますよね」

「ああ。問題点を上げればきりがないよ。死刑は犯罪抑止に繫がっていない。刑の執行には莫大な金がかかる。執行に携わる人々は、人を殺す仕事を押しつけられているのに、十分な心のケアを受けていない。死刑判決が確定した後、冤罪《えんざい》で釈放された人間は百人を軽く超えている。言い換えれば、これまでに無実の罪で命を奪われた人々が多くいたということだ。これは国家による人権侵害だ。俺は国家だろうが個人だろうが、何人たりとも他人の命を奪ってはいけないと思ってる。戦争であれ、法の決定であれね」

雄弁に語るロブを見据え、ヨシュアは押し殺した声で「では」と呟いた。

「大切な人を殺された遺族は、泣き寝入りしろと？」

「違うよ。犯人には生きて償いをさせるべきだと言ってるんだ」

「ですが多くの遺族は、犯人の死を望んでいます。アメリカは民主主義国家です。死刑がなくならないのは、民意に他ならない」

きっぱり言い切ったヨシュアを見上げ、ロブは悲しそうな表情を浮かべた。

「ヨシュア。憎しみは何も生まないよ。相手を憎む気持ちは、君の心を傷つけるだけだ」

「そうかもしれません。でも私はケラーを許せません。シェリーの幸せを、未来を奪ったあの男を絶対に許さない。だから刑が執行される時は遺族の当然の権利として、死刑に立ち合うつもりです」

ロブは座ったまま静かに腕を伸ばし、ヨシュアの手を優しく握った。

「君がそうすべきだと思うなら、反対はしない。でも、ひとつだけ言わせてくれ。それがどれほど憎い相手であれ、人が死ぬ場面を見て得られる満足感なんて虚しいものだ」

ロブはヨシュアを責めているのではない。それはよくわかっていた。けれど理解してもらえないやるせなさに、ヨシュアの心は力を失っていく。

誰にもわからない。どんなに深くシェリーを愛していたのか。彼女の存在にどれだけ救われてきたのか。シェリーだけが自分を理解してくれる、たったひとりの家族だったのに。心の底から愛せる、唯一の人だったのに。

「あなたは素晴らしい人です。寛大で愛情深くて、人を憎むことをよしとしない。きっとあなたなら愛する人を殺した相手でも、強い意志の力で許すことができるんでしょうね。でも私には無理です。私には、憎しみのほうがなじみ深い。愛することは難しくても、憎むことは容易《たやす》いんです」

ヨシュアはロブの手を、そっと振り払った。ロブが何か言おうとしたが、今はどんな言葉も聞きたくなくて足早に歩きだす。

「ヨシュア」

引き止める声に足が止まった。だがヨシュアは振り向かず、ドアノブに手をかけ、自分に言い聞かせるようにこう言った。

「……やはり私のような男は、あなたに相応しくないのかもしれない」

濡《ぬ》れたような黒い瞳がすぐそこにある。——完全にロックオンされてしまった。

「ユウティ。いい加減、ヨシュアのそばから離れろ」

ユウトが注意してくれたが、ユウティは飼い主をチラッと見ただけで、その場から動こうとしない。その場とはヨシュアの足もとのことだ。さっきからお座りの態勢で、ヨシュアの顔だけを一心に見つめている。

「お前もしつこいな。一度、肉をもらっただけで、そこまでするか?」

「あの時の肉が、よほど旨かったんだろう」

ディックは呆れるユウトを尻目に、ユウティの頭を優しく撫でた。

「それとももしかしたら、ヨシュアに惚《ほ》れたのか?」

「そんなグルメで面食いな犬、うちの子じゃありません。……ヨシュア、気にしないで食べてくれ。ユウティが邪魔なら、ケージの中に入れてくるよ」

ユウトの申し出に、ヨシュアは「大丈夫です」とぎこちなく笑った。

仕事が終わって会社に戻ってくると、ディックが待っていた。うちで夕食でも食べないかと誘われたが、あまり気乗りはしなかった。

ロブと気まずい別れ方をしてから三日が過ぎたが、落ち込みは激しくなるばかりだった。けれどディックに「俺もお前も明日は休みだ。いいじゃないか」と強く誘われると断りきれなくなり、結局はのこのことついてきてしまったのだ。

到着してみると、ユウトが食事の用意を済ませて待っていてくれた。もしかすると、ディックから事前にヨシュアを連れて帰ると言われていたのかもしれない。そう思うほど、料理の種類は多かった。

食事が終わると三人で、ステープルスセンターで行われているレイカーズの試合中継を見た。ヨシュアは普段、バスケの試合は滅多に見ないが、熱くなってレイカーズを応援するユウトの姿を見るのは、なかなか面白い体験だった。

意外なことに、興奮したユウトはかなり口が悪い。驚いていると、ディックが「バスケの試合の時だけ、人が変わるんだ」とこっそり耳打ちしてきた。

最終的にはレイカーズが勝ったので、ユウトは上機嫌だった。しかしディックは酒を飲みすぎたらしく、途中からソファに転がって寝入ってしまい、ユウトを失望させた。

「レイカーズの試合中に寝るなんて最低だな。ディック、寝るならベッドに行けよ」

ユウトが身体を揺さぶると、ディックは目を閉じたまま口の中で何かゴニョゴニョと呟いた。

「え？　なんだって？」

ディックの口もとに、ユウトが耳を寄せる。

「……キスしてくれたらベッドに行く」

寝ぼけた声だった。ユウトは苦笑しながらディックの耳を引っ張った。

「いいのか？　ヨシュアが呆れてるぞ」

ディックはそのひとことで正気に返ったらしく、パッと上体を起こすと乱れた髪を撫でながら立ち上がった。

「ヨシュア、悪いが先に休ませてもらう。もう遅いから、お前は泊まっていけ。……ユウティ、来い。向こうで寝るぞ」

ユウティを引き連れ、逃げるようにリビングから出ていったディックを見送った後、ユウトが可笑《おか》しそうに首を振って笑いだした。

「慌てて格好つけても遅いのに」

「ディックは家だと、いつもあんな感じなんですか？」

「まあね。ああ見えて、結構、だらしないんだよ。注意しすぎると拗ねるし、扱いが難しい」

ユウトにかかると絶世の美男子も形無しだ。

「ヨシュア。少し立ち入ったことを聞いてもいいかな」

あらたまった口調でユウトが切りだした。ヨシュアは「なんでしょう」と促した。

「ロブとのことなんだけど。君はロブのこと、どう思ってるんだろう」

「なぜ、そんなことを知りたがるんですか」

ユウトは「心配だから」と端的に答えた。

「ロブのことが？」

「ロブのことも、君のことも。ふたりの問題にあれこれ口を挟む気はないんだ。だけどもし、君が何か悩んでいるなら、力になりたいと思ってる。余計なお節介かもしれないけど、君は俺とディックの大事な友人だから、放っておけないんだ」

もしかしたら、ロブから頼まれたのかもしれない。だとしても構わなかった。自分を心配してくれるユウトの気持ちに、嘘がないとわかっているからだ。

「……ロブを好きなのに、どうしても決心がつかないんです」

「ゲイじゃないから？」

「少しは関係ありますが、それは一番の問題ではありません。問題は私の心にあるんです。私は多分、人と密接な関係を持つことが怖いんだと思います」

ユウトが相手だと冷静な気持ちのまま、胸の内を打ち明けることができる。ヨシュアはそんな自分にホッとした。ロブの前で取り乱す自分のほうが例外なのだ。

「わかるよ。人を愛するのって、すごく怖いことだから」

思いがけず同意を得られ、ヨシュアは驚いた。

「だって相手の本当の気持ちなんて、わからないからね。わからないから相手の言葉を疑ったり、理解されないと思って苦しんだり。目隠しされたまま、手探りで歩いているみたいだ」

「あなたもディックとの関係で、悩んだり苦しんだりしたんですか？」

ユウトは苦笑いを浮かべて、「もちろんだよ」と答えた。

意外だった。今は周囲が羨《うらや》むほど仲のいいふたりだ。きっと最初から順調につき合ってきたのだろうと、勝手に思い込んでいた。

「最初はひどいもんだった。ディックとはすれ違ってばかりで、何度も駄目だと思ったよ」

「でもあなたは諦《あきら》めなかった」

「まあね。俺は頑固者だから、一度決めたらまっしぐらなんだ。逃げるディックを追いかけ回し、無理やり自分のものにした」

　ヨシュアは思わず笑った。

「冗談でしょう?」

「いいや、半分は本当。……気持ちが通じ合うまでの関係って、すごく曖昧で不安定だよね。何もかもが、いつも一方通行っていうか」

　ユウトはヨシュアをチラッと見てから、急に口もとをゆるめて笑いだした。

「なんですか?」

「いや、ごめん。ロブのこと思いだしたら、つい。ロブの奴、君の前だと結構必死で、見てて笑えるっていうか。それを隠そうとするから、また余計に可笑しくなるんだよな」

　ユウトの目には、ロブが無理していると映るらしい。表現は違うがネトと同じことを言っているのだ。ロブの無理に気づかない自分が鈍感なのか、ロブをよく知る人たちだから、無理していると気づけるのか。多分、その両方なのだろう。

「……ロブに叱られてしまいました」

「へえ。なんでまた」

ユウトに聞いてほしくなり、ヨシュアは先日の出来事を手短に語った。

「ロブの恋人になる決心がつかない理由は、自分の父親との関係に起因する人間不信が原因だと説明したら、努力を怠っていると言われました」

そんな簡潔な説明では何がなんだかわからないだろうに、ユウトは深く問いつめることなく、お気の毒さまというようにヨシュアの膝を軽く叩いた。

「ロブは優しい顔で、たまにきついことを言うからな。でも耳に痛いことを言ってくれる友人は貴重だ。少なくとも俺の場合、彼に言われたアドバイスで、無駄になったものはひとつもない。君に厳しいことを言ったのも、君ならそれができると思ったからじゃないか？」

「そうでしょうか」

ヨシュアもロブの期待に応えたいと思う。けれど、自分を変えることは容易ではない。これまでは他人と上手くつき合えなくても、自分はそういう人間なのだと割りきることで、心に波風が立たないようにやり過ごしてきた。妥協や諦めに慣れすぎて、ロブの言う通り、対人関係においての努力というものを、まるっきり放棄してきた気がする。

「でも安心した」

「え……？」

ヨシュアが顔を上げると、ユウトは穏やかな笑みを向けてきた。

「ロブとの関係で前に進むために、君が悩んでるってわかったから」

前に進むために悩んでいる――。

その言葉に、胸のつかえが取れたような気持ちになった。足踏みしたまま動けずにいる自分を、ヨシュアはずっと責めてきた。結果、憂鬱になるあまり、このままロブとの関係が上手くいかないのではと、悪い方向に気が向いてばかりだった。

だが、すべては前に進むための苦痛だった。言うなれば産みの苦しみだ。わかっていたはずなのに、余裕のない心はそんな当然のことまで見失っていた。

以前なら、とっくに逃げだしていただろう。誰かといて面倒くさい気持ちになるなら、寂しくてもひとりがいい。ひとりで生きる覚悟はできている。分かり合う努力など疲れるだけだ。心の平穏を守るほうが大事。そう達観して、他人と向き合う努力を最初から放棄していた。

でもロブからは逃げたくない。シェリー以外に、初めて特別だと感じられた人なのだ。

これからの自分の人生に、ロブがどんなふうに関わってくるのか、今はまだわからない。だができることなら、ロブと多くのことを共有していきたいと思っている。

ヨシュアはユウトに気づかれないよう、こっそりと溜め息をついた。

考えるだけなら簡単だ。問題は前向きな気持ちに、行動が伴わないことなのだ。

翌日、ヨシュアとディックは出勤するユウトを見送った後、ジムに行ってトレーニングに励んだ。さらにプールで一時間ほど泳ぎ、スカッシュでは本気を出して打ち合った。

へとへとになってディックの家に戻ってくると、ホットドッグだけの簡単な昼食を済ませて今度は近所のドッグランに行き、ユウティと一緒になって走り回った。ユウティが満足するまで遊んで、再びディックの部屋に帰ってきた頃には、もう日が傾きかけていた。

「あちこち、つき合わせて悪かったな」

「いいえ。楽しかったです」

ヨシュアはディックが淹《い》れてくれたアイスコーヒーを飲みながら、心地よい疲労感に身を浸していた。このところ忙しくてトレーニングを怠っていたが、やはり身体を思いきり動かすのは気持ちいい。こんな爽快《そうかい》な気分になるのは久しぶりだった。

しばらくすると、ディックの注文したドミノ・ピザが届いた。夕食には少し早いが、ふたりとも思いきり空腹だったので、三枚のピザをぺろりと平らげた。同時にビールを三本も空けたディックは「せっかく消費したカロリーが台無しになった」と、飲みすぎた自分を反省した。

「ユウトの分は、残しておかなくてよかったんですか?」

「いいんだ。あいつはドミノ・ピザより、パパ・ジョーンズ派だからな。ユウトには後で何かつくってやる」

満足げな顔つきで空き箱を片づけだしたディックを見て、ヨシュアはもしかしてと思った。

「ユウトがいる時はドミノ・ピザは注文できないんですか？」

「……いや。そんなことはないが」

一瞬の間があやしい。だがディックの名誉のために、ヨシュアはそれ以上の言及は避けた。

「この事件、まだ長引きそうだな」

ディックがテレビのニュース番組を見ながら顔をしかめた。画面には現場から中継している男性レポーターが映っている。

「――事件発生からすでに三時間近くが経過していますが、これといった大きな進展は見られず、現場は依然として緊迫したムードに包まれています」

銀行強盗自体は珍しくないが、人質を取って立て籠《こ》もったとなると話は別だ。現場の様子を伝えるレポーターの声にも、気合いが入っている。

レポーターの後ろには、立ち入り禁止のロープを背にして立つ警官や、騒ぎを聞きつけ集まってきた野次馬の姿が見えた。

最初にこの事件の一報を聞いたのは、ドッグランに向かう車の中だった。カーラジオで知った内容といえば、ダウンタウンのカリフォルニア中央銀行に武装した三人組の男たちが押し入り、行員や居合わせた客を人質にして立て籠もる事件が発生したということだけだった。

ディックとヨシュアがユウティを遊ばせている間に、警察は周囲四ブロックを閉鎖し、現場にSWATを急行させ、すみやかに犯人との交渉を開始したようだが、まだ人質がひとりも解放されていないところを見ると、話し合いは難航していると思われた。

「そういえば、ロブが今のロス市警にベテランの交渉人がいないと言ってたな。心配だ」

ディックの言葉にヨシュアは頷《うなず》いた。犠牲者を出さずに事件を解決できるかどうかは、すべて交渉人の腕にかかっている。

中継が終わると、次にトーマス・ケラーの死刑執行に関するニュースが流れた。死刑に反対する人々がプラカードを掲げ、デモを行っている様子が画面に映しだされる。

ヨシュアは無表情にテレビを見ていた。死刑廃止を支持する人たちを見ても、なんの感情も湧かないが、ただこう思った。この中に愛する者をケラーに殺された人間は、きっといやしないだろう。

「ケラーが死刑になったら、お前は楽になれるのか?」

ディックの呟《つぶや》きが聞こえた。その目はテレビに向けられたままだ。ヨシュアはディックの横顔を見つめながら、「わかりません」と答えた。

「でも必要な区切りだと思っています」

「区切りか。そうかもしれないな。憎んでいる人間が生きていると、いつまでたっても自由になれない」

実感のこもった声だった。

「以前、話してくれましたよね。自分の手で殺したいと思うほど、憎んでいた人間がいたと」

「ああ。必ずこの手で息の根を止めてやると思っていた。もう終わった話だがな」

静かな口調だったが、だからこそ、かつての憎しみの凄《すさ》まじさが如実に伝わってきた。

ヨシュアがディックについて知っていることはわずかだ。本名はリチャード・エヴァーソン。陸軍の特殊部隊出身で、若い頃は海外での任務が多かったという。腕も一流なら容姿も一流で、ビーエムズ・セキュリティのボディガードたちの中でも、その存在感は群を抜いている。

ある時、ヨシュアはディックと一緒に組んでクライアントの警護をすることになった。去年の十一月頃のことだ。警備に関してはプロだと自負していたヨシュアだったが、ディックの徹底した仕事ぶりを目の当たりにして、思いがけず敗北感を味わった。

後からデルタフォースに在籍していたと聞いて、さもありなんと納得した。民間の警備会社にこれだけの逸材はもったいないと思ったが、ディック本人は今の生活に満足しているようだった。ヨシュアはディックを尊敬し、時間がある時はトレーニングの相手になってもらった。

そうやって距離が縮まってくると、プライベートなことも言い合える仲になった。そしてディックに、かつて激しく憎んだ相手がいたことを知ったのだ。具体的にどういう関係だったかは知らないが、ヨシュアはディックに強いシンパシーを感じた。

だから姉のシェリーがトーマス・ケラーに殺された事実を打ち明けた。ディックはヨシュアを友人として受け入れてくれた証のように、男の恋人と同棲中であることを話し、さらには自宅に招いてくれたのだ。

「どうやって終わらせることができたんですか？」

「相手が死んだから、終わらせるより他なかった。……いや、違うか。ユウトが終わらせてくれたんだ。多分、俺ひとりじゃ、あの苦しみの中から抜け出せなかった」

——彼の強さと優しさが、自分を救ってくれた。

いつかの言葉が思いだされた。ディックにとってユウトは最愛の恋人であると同時に、自分を救ってくれた恩人なのかもしれない。

「ケラーが死刑になったら、私も終わらせることができるんでしょうか。……でもロブに言われました。どんなに憎くても、相手の死で得られる満足感なんて虚しいと」

「だろうな。俺も同感だ。でもロブにはわからない。虚しいとわかっていても、相手の死を望まざるを得ない弱い気持ちが。想像力が貧困だからじゃない。彼が強いからだ」

「強い？」

「ああ。ロブは確固たる信念を持った男だ。特に犯罪や犯罪者とは、並ではない強い意志で向き合っている。……要は俺もお前も弱いんだよ。腕っ節は立っても心が女々しい」

重い空気を振り払うように、ディックがニヤッと笑った。ヨシュアも調子を合わせ、「まったくです」と頷き返した。

「私はそろそろお暇《いとま》します。今日はありがとうございました」

ヨシュアはソファから立ち上がり、ディックに礼を言った。今日一日、自分につき合ってくれたのは、昨夜のユウトと同じで、ディックなりの気づかいだとわかっていた。

「下まで送るよ」

ディックが腰を上げた時だった。テレビからニュースキャスターの冷静でありながらも、驚きを隠せない声が流れてきた。

「なんということでしょう。またもや立て籠もり事件が発生しました。詳細はまだ不明ですが、拳銃を持った男性が子供と警察官一名を人質にして、現在、立て籠もりを続けているということです。場所はマッカーサーパーク近くのアパートメントと見られています。現場の様子がわかり次第、番組内で続報を——」

「同時に二件の人質立て籠もり事件か。ロス市警は大騒動だな」

ディックはうんざりしたように首を振った。

「もしかしたらユウトとパコも、現場に駆り出されているかもしれませんね」

「その可能性はおおいにあるな」

喋りながら玄関へと歩きだした時、ディックの携帯が鳴った。ディックはジーンズのポケットに入れていた携帯を取りだし、誰からの着信かを確認した。電話をかけてきたのは、ユウトの義兄のパコだった。

「やあ、パコ。今、ニュースで見たんだが、大変なことになってるな。——え？　ユウトがなんだって？　後ろが騒がしくてよく聞こえない。もう一度、言ってくれないか」

耳を澄ませるディックの顔が、見る見るうちに強ばっていく。ただ事ではない気配を察し、ヨシュアはディックから目が離せなくなった。

「……わかった。すぐそっちに行く。ああ、わかってる。じゃあ、後で会おう」

電話を切ったディックは、真っ先に車のキーを摑んだ。あれくらいのビールで酔う男ではないが、飲酒運転はまずい。ヨシュアは咄嗟《とっさ》にディックの前に立ちはだかった。

「ディック、運転は駄目です」

「どいてくれ。俺は行かなくちゃいけないんだ。ユウトが……」

ディックは青ざめた顔で黙り込んだ。

「ユウトが？　ユウトがどうしたんです」

ヨシュアが詰め寄ると、ディックは自分を落ち着かせるように深く短い溜め息をつき、再び口を開いた。

「さっきのニュースで、人質は子供と警察官だと言っていただろう。……ユウトなんだ。ユウトが人質になっているんだ」

「パコっ！」

捜査車両の前で立ち話をしているパコを見つけ、ディックは声を張り上げた。気づいたパコが駆けよってくる。

「ディック。ヨシュアも来てくれたのか」

「お酒を飲んでいたので、私が運転してきました。お邪魔にならないよう気をつけますので、ディックと一緒にいさせてください」

パコは「いいよ」とヨシュアの肩を叩《たた》き、ディックたちをここまで案内してきた制服警官に礼を言った。

「あそこに茶色の建物があるだろう。現場はあのアパートメントの三階右端だ」

パコが指差した建物は、通りを挟んだ斜め向こうに建っていた。警察が周囲を閉鎖すると共に、近隣住人を避難させているので、建物付近には誰の姿も見えない。離れているのでよく見えないが、問題の部屋にはブラインドが降りているようだった。

「そこのビルの一階に対策本部が設置されている。ひとまず、中に入ろう」

パコに案内されたのは、通りに面した空き店舗らしき場所だった。中にはモニターや通信設備などの様々な機材が運び込まれ、背広姿の男たちや『ＬＡＰＤ』のロゴ入りジャンパーを来た警察官たちが、所狭しと動き回っている。

「ワルト部長、弟の友人たちです。こっちはルームメイトのディック。身内同然なので呼びました。構いませんよね」

駄目だと言っても無駄だというニュアンスを込め、パコは腹が突きだした五十代半ばくらいの男に声をかけた。ジャンパーを羽織った男は、仕方ないなという表情で手を上げた。パコの説明によると、彼がこの現場の総責任者らしい。

　パコはふたりを部屋の隅に連れていくと、空いた椅子とコーヒーを持ってきてくれた。

「ユウトは無事なんだよな」

　ディックの質問に、パコは「今はな」と大きく頷いた。

「まだ本格的な交渉は始まっていないが、さっき交渉人が犯人と電話で話した。子供もユウトも元気らしい」

「どうしてユウトが人質に？　いったい何があったんだ」

　パコは今回の事件が起きた経緯を、要領よく説明し始めた。

「ユウトたちを人質にして立て籠もっている犯人の名前は、ケビン・マクミラン。三十七歳の白人男性で、前科はなし。半年ほど前、会社をリストラされ、酒浸りの生活を送るようになったマクミランは、妻のキャシーに愛想を尽かされ離婚を余儀なくされた。キャシーはその後、同僚男性のニック・デュマスと親密になり、同棲を開始した。デュマスは妻に先立たれて、六歳になる男の子、デイルをひとりで育ててる。キャシーは手助けしたいと思ったそうだ。だがマクミランはキャシーに未練があり、復縁を迫っていたらしい。……ちょっと失礼するよ」

　パコは煙草に火をつけ、深く紫煙を吐きだした。気持ちを鎮めるための喫煙なのだろう。冷静に見えても、ちょっとした動作にパコの苛立ちが感じられる。

「……嫉妬《しっと》に駆られたマクミランは、今日になってキャシーを訪ねたが、居合わせたデュマスと激しい口論になった。ユウトは相方の刑事と、偶然、近所で聞き込みを行っていたが、銃声を聞きつけデュマスの部屋に駆けつけた」

「銃声？」

「ああ。マクミランがデュマスと揉《も》み合いになった時、拳銃を持ちだして発砲してしまったんだ。弾はデュマスの腹部を貫通した。興奮したマクミランはデュマスの子供に銃を突きつけ、部屋に立て籠もろうとした。ユウトはマクミランを説得して、倒れているデュマスをどうにか外に運び出すことに成功した。ついでに自分が人質になるから、子供を解放しろと掛け合ったそうだ」

「無茶なことを……」

ディックが呻《うめ》くように呟いた。パコが同意を示すように小さく頷く。

「だがマクミランはこの申し出を断った。ユウトは諦《あきら》めず、だったら子供と一緒にいさせてほしいと訴えたらしい。マクミランは恐らく泣き喚《わめ》く子供に手を焼いていたんだろう。渋々、丸腰のユウトを室内に招き入れた。これがおおよその経緯だ」

パコはコーヒーをひとくち啜《すす》った後、苦々しい口調でつけ足した。

「俺の弟は頭にクソがつくほど正義感の強い男だ。心から尊敬するが同時に呆れちまうよ」

ディックは立ち上がって、無言でパコの肩を軽く叩いた。

「マクミランから電話がかかってきたぞっ」

　ヘッドセットを装着した通信班らしき若い刑事が、大声で注意を促した。途端に部屋の中が水を打ったように静まり返る。

「ワルト部長。出ます」

　若い赤毛の男が声を発した。交渉人だろう。その手はもう電話の受話器に伸びている。

「あれが交渉人のステファン・ナンスだ。ふたりとも、これを使え。電話の内容が聞ける」

　パコが小声で囁《ささや》き、ディックとヨシュアに小さなラジオのような受信機を差しだした。急いで繋《つな》がったイヤホンを耳に差し込む。

「もしもし。ケビンかい？」

　ステファンは受話器を耳に押し当てると、マクミランとの会話を開始した。緊張した表情だが、声は落ち着いている。

『ああ。……あの男はどうなった？』

「デュマスのことだね。まだ手術中だから、はっきりした容態はわからない」

『そうか。キャシーはどこだ？　彼女と話がしたい』

「キャシーも病院だ。デュマスに付き添っている」

　それまで冷静に話をしていたマクミランが、突然『くそったれっ』と毒づいた。

『あの女はそんなに奴が大事なのかっ。おい、今すぐキャシーをここに連れて来い。連れて来ないなら、人質を殺すぞ！』

激昂するマクミランにステファンは、「落ち着いて」と何度も繰り返した。

「すぐにキャシーを呼んでくる。だから馬鹿な真似はするな」

『馬鹿な真似っ？　こんな事態になって、馬鹿な真似もクソもあるかっ。キャシーが来たら知らせろ。それまで電話をかけてくるな。かけてきたら、ガキを殺すぞ』

電話が切れた。聞き耳を立てていた男たちの口から、いっせいに吐息がもれた。

「ステファン。犯人を怒らせるな」

渋い顔つきのワルトに、ステファンは「大丈夫です」と答えた。

「マクミランは強気な態度に出ることで、優位性を保とうとしているんですよ」

様子を見ていたディックは、小声でパコに囁いた。

「あの若い交渉人、有能なのか？」

「有能とは言い難いな。だがここには、ステファンしか交渉人がいないんだ。銀行強盗の立て籠もり事件の現場に、ふたりが詰めている。後ひとりいる交渉人は、運悪く盲腸で入院中だ」

ディックはしばらく厳しい顔で考え込んでいたが、妙案を思いついたというように、パコの腕を摑んだ。

「ここにロブを呼べないだろうか」

「ロブを……？」

「そうだ。ロブはロス市警の交渉班に講義したこともあるそうだ。アドバイザーとして、あの交渉人をサポートしてもらいたい」

パコは「なるほど」と頷き、すぐにワルトのもとに駆けよった。ワルトはロブをよく知っているらしく、「コナーズ教授が来てくれるなら、ぜひ協力を仰ぎたい」と了承してくれた。通常、交渉人はふたりひと組で事件解決に当たるらしい。ワルトもステファンひとりでは荷が重いと判断したのだろう。

ロブがやって来たのは、それから三十分ほどが過ぎた頃だった。ノーネクタイのスーツ姿で部屋に入ってきたロブは、パコを見つけると駆けよってきた。

「ロブ、いきなりすまなかったな」

パコと握手したロブは「気にしないで」と笑い、ディックの肩を優しく叩いた。

「君も知ってると思うけど、ユウトは強運の持ち主だ」

「ああ、そうだな」

ロブはディックの隣にいたヨシュアに目を向けた。

「ヨシュア。調子はどうだい」

「まあまあです」

ヨシュアが答えると、「ならいい」とロブは頷いた。あくまでもロブの表情は明るく、気まずい別れ方をしたことを感じさせない。ヨシュアはホッとした。

ロブはパコに一連の事情を聞いた後、ステファンに近づき挨拶《あいさつ》をした。

「やあ、ステファン。調子はどう？　俺が君のサポートにつくから、なんでも指示してくれ」

「ありがとうございます、コナーズ教授。でもできる限り、俺ひとりで頑張ってみます」

礼儀正しい態度ではあったが、ステファンの目はどこか挑戦的だった。

「怖いな。余計な真似すんなってにらまれたぞ」

ディックたちのいる場所に戻ってきたロブは、笑いながら小声で感想をもらした。

「気にするな。奴も必死なんだ。単独で事件を解決できれば、株が上がるからな」

「なるほど。じゃあ俺は口を挟まないことにするよ。もちろん、忍耐が続くまでね。……しかしユウトも困った奴だ。刑事のくせに人質を増やさないという現状固定の鉄則を、真っ先に破るなんて。ま、でもそこが彼のいいところでもあるんだけど」

パコは気がかりそうな表情で、ロブに尋ねた。

「あいつ、犯人に飛びかかったりしないだろうか？」

「ユウトひとりなら大いに有り得るけど、今回は多分、大人しくしてるだろうね。子供を守るために人質になったんだ。犯人を刺激するような真似は、絶対にしないと思うよ」

ロブの考えを聞くと、パコは安堵《あんど》を滲《にじ》ませ「そうだな」と頷いた。ユウトの無茶な性格を一番よく知っているだけに、そのことがかなり気がかりだったようだ。

ロブはパコにマクミラン個人に関するいっさいの資料と、これまでの通話記録を要求した。

必要なものがすべて揃うと、ロブは「しばらく話しかけないでくれ」と断り、イヤホンを耳に装着しながら、書類の束を黙々とめくり始めた。

さらに三十分ほどが経った時だった。ひとりの女性が警官に付き添われて入ってきた。年は三十代半ばくらいで、目鼻立ちは整っているが顔色は悪く、疲れた表情をしている。

「あなたがキャシー・ドーソン？」

ステファンの問いかけに、女性は黙って頷いた。マクミランの元妻だ。

「マクミランが話をしたがっています。電話で彼と話をしていただけますか？」

「ええ、構いません」

「ではさっそく――」

ロブは資料に目を落としたまま、「ステファン」と声を飛ばした。

「その前に、彼女と少し話し合ったほうがいい。いきなりは無理だ」

「マクミランはキャシーが来るまで電話をかけてくるなと言ったんです。かけてきたら人質を殺すと。彼女を電話口に出さないことには、交渉そのものが進展しないんですよ」

ステファンは苛立った声でロブのアドバイスを却下した。ロブは首を傾げただけで、何も言い返さなかった。

「いいのか、ロブ」

ディックが耳打ちすると、ロブは「仕方ない」と肩をすくめた。

「交渉人は彼だ。俺はあくまでもサポート役。無理やり電話を奪って、犯人と話し合うわけにもいかないだろう。――ヨシュア。すまないけど、頼み事がある」

「はい。なんでしょう」

ロブは鞄の中から取りだしたノートをヨシュアに手渡し、ステファンとマクミランの会話を拾えるだけ拾って、書き留めてほしいと頼んだ。

「君の字はすごくきれいだから、ぜひお願いしたい。いいかな?」

ヨシュアは快諾して、そばの空いたテーブルにノートを置き、いつでも筆記できるようペンを持った。

ステファンが電話をかけ始める。隣には青ざめたキャシーが座っている。二度のコール音でマクミランが出た。

「やあ、ケビン。ステファンだ。キャシーが到着したよ。今、替わるから」

ステファンは受話器をキャシーに差しだし、自分の耳にイヤホンを差し込んだ。

『キャシー? キャシーなのか?』

「ええ。私よ。……ケビン、お願いだからもうやめて。デイルと刑事さんを解放して」

『ああ、キャシー。なんでこんなことになっちまったんだろう。俺はただお前とやり直したくて、必死だったんだ。話ができればそれでよかったのに、あの男が邪魔するから。撃つ気なんてなかったんだ。信じてくれ。なあ、キャシー』

マクミランは興奮した声で、一方的に自分の言い分を捲し立てた。最初は黙って聞いていたキャシーだったが、マクミランの自分勝手さに嫌気が差したのか、次第に声を荒らげ始めた。

「もうやめてよっ。あなたはいつもそうよ。言い訳ばかり。そういうところが大嫌いなの」

『キャシー、そんなこと言うなよ』

「仕事もしないで飲んだくれて、なのに私が仕事から疲れて帰ってくると、もっと早く帰ってこいって不機嫌になって。あなたの身勝手さには、もううんざりだったのよ。それに比べてニックは素晴らしい人よ。ひとりで息子を育てているのに、愚痴ひとつ言わないで。どうしてよっ。どうして彼を撃ったの……っ」

キャシーが興奮して泣き始めた。ロブが立ち上がり、叫んだ。

「ステファン、受話器を奪えっ。これ以上、彼女に喋らせるんじゃない」

ステファンが躊躇《ちゅうちょ》している隙に、キャシーはこれまでの不満と怒りをぶつけるように、さらにマクミランを激しく罵倒《ばとう》した。

「あなたなんて大嫌いっ。彼が死んだら、一生かけて恨んでやる！」

そこでようやくステファンは、キャシーの手から受話器を強引に奪い取った。キャシーはワーッと声を上げ、テーブルに突っ伏して泣き崩れた。

「……ケビン、キャシーは少し興奮しているようだ。もういいね？」

『畜生。なんでわかってくれないんだ。……なあ、キャシーをここに連れてきてくれ。会って話せば分かり合えるんだ。頼むよ』

涙声で訴えるマクミランに、ステファンは同情を感じさせる声で「無理だ」と答えた。

「キャシーはそっちに連れていけない。会いたければ、君が出てくればいい」

『馬鹿言うなっ。外に出た途端、撃たれるに決まってる』

「そんなことはしない」

『うるさい！　黙れっ。警察の言うことなんて信用できるか！　クソ、どいつもこいつも俺を馬鹿にしやがって……っ。みんなまとめて、ぶっ殺してやるっ』

マクミランの物騒な叫び声が聞こえた直後、一発の銃声音が響き渡った。その場にいた全員がギョッとしたのは言うまでもない。

「ケ、ケビン、今の銃声はなんだ……？　まさか人質を――」

『撃ってねえよ』

そのひとことに、部屋中に安堵の息がもれた。

「でも次に俺を怒らせたら、刑事の男を撃ってやる。覚えておけ。それから、もうお前と話はしない。話し合いは、他の奴とする』

電話が切れた。ステファンは自分の失敗に落ち込んだのか、額を押さえて俯《うつむ》いている。隣ではまだキャシーが泣きじゃくっていた。

ステファンは重い溜め息をついた後、キャシーを隣の部屋に連れていくよう指示を出し、最後にロブを振り返った。縋《すが》るような目つきだった。

「キャシーと話させたのは、逆効果だったんでしょうか」

「近親者による説得は効果が高い。だが慎重さが必要だ。……講義でそう言わなかった？」

ロブは優しい口調で言い返した。暗い顔をしたステファンを思いやってのことだろう。

「覚えています。でもキャシーは落ち着いていました。あんなふうに感情的になるとは、予想できなかった」

「想像しなきゃ。恋人が元夫に撃たれて死にかかっているんだよ。そのうえ元夫は人質を取って立て籠もり、世間は大騒ぎだ。人質になっているのは恋人の息子。そういう状況でマクミランと話をすれば、感情の抑制を欠くのは目に見えている」

「つまり、私は選択を間違ったんですね」

ロブは「いや」と首を振った。

「選択は間違ってない。やり方が悪かっただけだ。君はまずキャシーと十分に話し合って、彼女の精神状態がマクミランとの会話に耐えうるものか、慎重に判断しなくてはいけなかった。マクミランにとってキャシーは何よりも大きな存在だ。その彼女に語らせるべきこと、語らせてはいけないことを、事前に把握すべきだった」

ステファンは自分の力不足を痛感したのか、黙って頷くばかりだった。さっきの銃声がよほどこたえたのだろう。マクミランが本気だったなら、仲間の命が消え去っていたかもしれないのだ。

「ステファン。そんな顔しないで。交渉はまだ始まったばかりだ」

「……無理です。私にマクミランは説得できません。彼に嫌われてしまった」

「おいおい、そんなこと言うなよ。途中で投げだすのか？」

ステファンは立ち上がってワルトの前まで行くと、「お願いがあります」と切りだした。

「交渉役をコナーズ教授と交代させてください。私はサポートに回ります」

ワルトは「いいのか？」と念を押した。ステファンははっきりと頷いた。

「私ではまだ力不足です。人質の命を守るためにも、コナーズ教授の力が必要です」

「わかった。――コナーズ教授、お願いできますか？」

ロブは頭を掻《か》きながら、困り顔で周囲を見渡した。

「部外者の俺でいいんですか？　後々、問題になるかもしれませんよ」

「構いません。すべて私が責任を持ちます。今は事件解決が優先です。なんとしても強行突入だけは回避したい」

「……わかりました。では俺も全力を尽くします」

ワルトの決意の強さを知ったロブは、快く交渉の大役を請け負った。

交渉人となったロブが真っ先にしたことは食事だった。

「空腹は集中力の敵だ。何より我慢はよくない。人はリラックスした状態にあるほど、理性的になれるんだ。お腹が空いたとか、トイレに行きたいとか思ってる時に、リラックスなんてできないだろう？　あ、そっちのビーフサンド、取ってくれ」

サンドウィッチを口に放り込みながら講釈を垂れるロブを見て、ヨシュアは顔をしかめた。

「あなたの持論は正しいと思いますが、食べてる時くらいお喋りはやめてください」

「それは難しい注文だな。――さて、これで満腹になった。トイレにも行ったし、熱いコーヒーもある。そろそろ始めようか」

ロブは紙ナプキンで口を拭《ぬぐ》うと、通信班に「行くよ」と声をかけた。全員の意識がイヤホンに集中する中、ロブは受話器を摑んだ。マクミランはすぐに電話に出た。

『……誰だ』

「マクミランさん？　初めまして、ロブ・コナーズです」

『さっきの男と交代したのか』

「ええ。マクミランさんのご要望にお応えしたんです。今後は俺があなたとお話をします。よろしくお願いしますね。よろしければ、俺のことはロブと呼んでください」

『わかった。ロブだな。じゃあ、俺のことはケビンと呼んでくれ』

やり手のセールスマンのような丁寧な喋り方が功を奏したのか、ロブはあっさりと第一関門を突破した。

『ロブ、食べ物が欲しい。ハンバーガーを持ってきてくれないか。ついでに酒もだ』

マクミランの要求に、ロブは「上の者に聞いてみます」とだけ答えた。

『おい、たかが食い物と酒だぞ。そんなことも自分で判断できないのか？』

「俺は交渉役を任されていますが、責任者ではありません。勝手に返事をして、もしそれが不可能だった場合、マクミランさんを失望させることになる。だからどんな要求にも、勝手にイエスと答えることはできないんです。わかってください」

『しょうがねえな。じゃあ、上の奴に頼んでくれ』

落ち着いた態度で淀《よど》みなく喋るロブの低い声は、聞く者に安心感を与える。マクミランも同じなのか、声に苛立ちは感じられなかった。

ロブは五分後に再び電話をかけると約束し、いったん受話器を下ろした。

「ワルト部長、三人分のハンバーガーと飲み物を用意していただけますか？」

「ああ、すぐに準備させよう。だが酒は無理だぞ」

「ええ。わかってますよ」

ロブの隣で会話の記録を取っていたヨシュアは、疑問を感じて質問を口にした。

「自分になんの権限もないと犯人に知らせるのは、どういう利点があるんでしょう。下手すれば頼りにならないと、犯人から軽んじられることになりませんか？」

「かもね。でもいいんだ。自分に決定権がないってことを最初に教えておくことで、いざという時に言い訳ができる。俺は君の考えに賛成だが上がノーと言う。俺もそうしたいが許可が下りない。――これだと俺と犯人の関係に、亀裂が入らないだろう？」

「確かに。ワンクッション置くことで、交渉がやりやすくなるんですね」

「そういうこと。後はひとつの要求を飲む時は、こちらの要求も飲ませる。上手くいけばいいけどね」

ロブは腕時計できっかり五分が経ったことを確認し、再び受話器を手に取った。

「マクミランさん？　ロブです。上の者と話し合いました。ハンバーガーと飲み物は差し入れできますが、お酒は無理でした。申し訳ありません」

『どうして駄目なんだ。ウィスキーのボトル一本でいいんだ』

ロブはヨシュアに説明したように、上の者が許可してくれなかったと申し訳なさそうに謝り、さらには「こういう状態でお酒を飲むのは、よくないと思う」とマクミランを宥《なだ》めた。

「アルコールや薬物は正常な判断力を奪うからね。今の君はすごく冷静だ。できれば、そのままでいてほしい。君自身のためにも。わかってくれないか、ケビン」

ロブの口調はごく自然に親しげなものに変化していた。マクミランは渋々納得した。

「ところで差し入れを持っていく前に、俺からも頼みがあるんだ。とても簡単なことだ。もし問題がなければ、人質になっている刑事と話をさせてもらえないだろうか。彼の家族が心配しているんだ。ほんの少しだけでいいから、頼むよ」

『……しょうがねぇな。ちょっとだけだぞ』

少ししてから、『もしもし』というユウトの声が聞こえた。

「やあ、ユウト。俺だよ、ロブだ」

『ロブ？』

「わけあって俺が交渉役を任された。ちょっと待て、パコに替わるから」

「ユウト？　俺だ。怪我はしてないか？」

パコは乱れる感情を抑え込むように、何度も前髪をかき上げながら言葉を続けた。

「絶対に助けるから、大人しくしてるんだぞ。いいな、無茶はするなよ」

『ああ。みんなを信じて待ってる。俺もデイルも元気だから、心配しないでくれ』

「わかった。……ディックも来てるんだ。今、替わる」

パコが差しだした受話器を、ディックは思いつめた顔で受け取った。

「ユウト。俺もここにいるぞ。お前が戻ってくるのを待ってる」

『ディック……。心配かけてすまない』

揺れる感情を呑み込むように、ユウトの声は不自然に震えていた。

『ディック、頼みがある。俺の恋人に伝えてくれないか。必ず帰るから心配するな、君を心から愛してるって』

ユウトは大勢の人間が、この電話を聞いていると知っている。だから伝言を装い、ディックに自分の気持ちを伝えたのだ。最悪の場合、ディックと話せるのはこれが最後になるかもしれない。そのことをわかっているから、言わずにはいられなかったのだろう。

「ああ、伝える。お前の恋人も同じ言葉を返すはずだ。……心から愛してると」

『──もういいだろう。切るぞ』

マクミランの声が割って入り、電話は唐突に切れた。受話器を持ったまま立ち尽くすディックの大きな背中を、今度はパコがいたわるように叩いた。


「──わかるよ。君はずっと耐え難い苦痛を味わってきたんだね」

『そうだ。真面目に仕事してきたのに、不景気を理由にいきなりクビにされ、そのうえ女房とも別れることになった。俺はキャシーを愛してたから、彼女の望むようにしてやりたかった。でも後悔した。やっぱり俺には彼女が必要だったんだ。だから話し合いがしたかった。拳銃を持っていったのは、使うためじゃない。もしあの男が出てきて、キャシーとの話し合いを邪魔するようなら、拳銃を見せて黙らせるつもりだったんだ。撃っちまったのは揉み合ったはずみで、あいつを狙《ねら》ったわけじゃない』

「ああ、わかってるさ。君に殺意はなかった」

マクミランはさっきから喋り続けている。大体は同じことのくり返しだが、ロブはいっさい口を挟まず、同意を示すような相槌《あいづち》だけを口にしていた。

この二時間ほど、マクミランとの会話は雑談に終始している。贔屓《ひいき》にしている野球やバスケのチームの話に至っては、一時間ほどに及んだ。完全に聞き役に回って、まったく交渉らしきものを開始しないロブに、周囲の警察官は苛立ちを感じ始めているようだ。

『ロブ、俺の人生はもう終わりだ。畜生、なんだってこんなことに……』

啜《すす》り泣くマクミランを優しく宥め続けるロブの前に、ワルトが一枚のメモを置いた。ロブはメモを手に取り、なぜか隣のヨシュアをチラッと見て微笑《ほほえ》んだ。

「ケビン、いい知らせが入ったぞっ。ニック・デュマスの意識が戻ったそうだ。手術は成功したんだよ。よかったな！」

ロブは喜びをあらわにしてマクミランに朗報を伝えた。

「君は銃を撃ったが、人を殺していない。これは不幸中の幸いだよ」

『けど、どのみち俺は警察に捕まって、刑務所に入れられるんだ。なあ、そうなんだろう？』

イエスと言えばマクミランは自棄になる可能性があり、ノーと言えばその場しのぎの嘘《うそ》をつくことになる。ヨシュアは緊張しながら、ロブの出方を待った。

「君は法を犯した。だから警察は君の身柄を拘束しなくちゃいけない。刑務所に入るかどうかは、裁判で決められる。だがその可能性は非常に高いだろうね」

ロブの返事は極めてまっとうだった。誤魔化すのでもなくいたずらに脅かすのでもなく、事実だけを率直に話している。

「でも刑務所に入ったからといって、君の人生が終わるわけじゃない。多少は窮屈で憂鬱《ゆううつ》な思いをすることになるが、刑務所の中でもレイカーズの試合は見られるし、ドジャースの試合も見られる。七回裏には『私を野球に連れてって』を歌うことだってできるんだ。君は何年かを不自由に暮らすかもしれない。でもその後でまだ自由になれる。だからもう終わりだなんて考えちゃいけないよ。人生はまだまだ長い。君のご両親は何歳？　お元気かな？」

ロブは資料を眺めながら質問した。答えは承知の上で聞いているのだ。

『父親は六十二歳で母親は六十歳だ。病気はしてないと思うが』

「それは素晴らしいね。君が自分の責任を果たして帰ってきた時は、まだ元気でいてくれる可能性はおおいにあるじゃないか。ケビン、俺は何度でも言うよ。君の人生は終わりじゃない。その気さえあれば、何度でも人生をやり直せるんだ」

『……そうだろうか。こんなことになっちまっても、俺はやり直せるのか？』

「ああ、もちろんだ。君は悪人じゃない。今回のことは、ボタンの掛け違えみたいなアクシデントだ。お願いだから、君の未来はまだまだ続いていくってことをよく考えて。――ケビン、いったん電話を切るよ。また十分したらかけ直す。いいね？」

マクミランが了承したので、ロブは受話器を置いた。

「コナーズ教授。事件が発生してから、もう五時間が過ぎた。君は犯人にまったく投降を訴えていないが、どういうつもりなんだ？」

渋面のワルトを見て、ロブは「すみません」と白い歯を見せて微笑んだ。

「失敗だけはしたくないので、慎重になっているんです。……ところでマクミランが俺に寄せる信頼度をパーセンテージで表すなら、どんな数字になるでしょう？　個人的見解で構いませんので、聞かせてください」

ワルトは「そうだな」と顎を撫《な》でた。

「六十五パーセントくらいじゃないか」

ロブはステファンにも同じ質問を投げかけた。

「私は七十パーセントを越えていると思います。今のマクミランはコナーズ教授を頼りにしてます」

「それは嬉しい意見だね。……そこの君は何パーセント？」

ロブは周囲の警察官たちの意見も集め始めた。おおむね答えは同じで、六十パーセントから七十パーセントといったところだった。ロブは満足したように頷き、ワルトに顔を向けた。

「信頼が不信を大きく上回ったかどうかの、客観的感想が知りたかったんです。これで自信が持てました。次の電話で投降を呼びかけます」

ワルトとの会話を終えたロブは、ヨシュアの書いた通話記録をめくり始めた。

「すごくきっちりと書いてくれているね。助かるよ」

「お役に立ちますか?」

ヨシュアの問いかけに、ロブは「もちろん」と大きく頷いた。

「ずっと話していると、会話の記憶が曖昧《あいまい》になってくるからね。自分が言ったこと、向こうが言ったこと、それらを何度も確認するのは大事なことだ。もし同じ質問をくり返してしまえば、それだけで相手は俺を信頼するに足りない男だと思うかもしれない。それにこうやって見ていると、会話から相手の心情がどう動いているのか理解しやすい」

ステファンがノートをのぞき込みながら、話しかけてきた。

「今のところ、極めていい流れだと思いますが」

「うん。でもこの辺を見てごらん。一時間ほど前からマクミランの言葉は、自虐的なものが多くなっている。自分を罵《ののし》ったり、絶望感をあらわにしたり。この変化は要注意だ」

「どうしてですか?」

ヨシュアが聞くと、ロブはステファンに向かって「説明してあげて」と言った。

「外部に向かっていた攻撃性が治まるのはいいことですが、その反面、怒りや苛立ちが自分に向かうのは危険な兆候なんです。最悪の場合、自殺などに繋がりますから」

ロブが頷いた時、ディックが冷たい声で言った。

「犯人の自殺で事件が終わるのなら、それでもいいじゃないか」

ロブはディックを振り返り、「そういうわけにはいかないんだよ」と苦笑を浮かべた。

「SWATの目標は人質の無傷救出と、容疑者逮捕だからね。一発の弾丸も使わずに事件を終わらせることが理想なんだ。軍隊なら隊員や人質に犠牲者が出ようが、作戦が成功すれば許されるが、彼らは相手が犯人であっても、撃ち殺してしまえば査問委員会の追及を受けることになる。突入はあくまでも最終手段でしかない。さて、そろそろ電話を――」

「ロブ、テレビを見てくれっ。あっちの現場で強行突入が始まったぞ」

パコの緊迫した叫び声に、その場にいた全員の目が、部屋の隅に設置されたテレビに向けられた。あっちの現場とは銀行強盗が起こした、もう一件の立て籠もり事件のことだ。

「くり返しますっ。つい今しがた、大きな動きがありました。恐らく、SWATによる突入が開始された模様です！」

レポーターが叫んでいる。画面が切り替わり、銀行の建物を上から撮った映像が現れた。ヘリコプターからの空撮のようだ。閃光弾《せんこう》が使用されているのか、窓から光がもれている。建物の入り口には、武装してマスクを装着したSWATの隊員たちが集まり、次々に中へと突入していく様子が見て取れた。

「どうして……」

ロブが呻くように呟いた。電話をしていたワルトが戻ってきて、皆に事情を説明した。

「交渉が暗礁に乗り上げ、焦《じ》れた犯人が見せしめにふたりの人質を撃ったそうだ。これ以上の犠牲者は出せないと判断し、突入が決定したらしい」

「最悪のタイミングだ。もしこのテレビをマクミランが見ていたら……」

ステファンのもらした不安は、この場にいる全員が感じている不安だった。

「だとしても仕方ないな。こうなった以上、即刻に投降の説得をするべきだ。この状況でマクミランに時間を与えたくない」

ロブは受話器を摑んだ。マクミランは電話に出たが、声を発しない。嫌な予感がする。

「やあ、ケビン。今、話していいかい？」

『……ああ。なんだ』

「俺からの提案だ。そろそろ、そこから出てこないか。君だって、こんなひどい状況の中に身を置くのは辛《つら》いだろう？　大丈夫、心配はいらない。君は警察に身柄を拘束されるが、今夜はもう遅いから取り調べは明日になるだろう。食事をして、ひと晩、ゆっくり休んでくれ。翌日になれば弁護士も来てくれるし――」

『嫌だっ、俺は出ていかないぞ……！』

ロブの言葉を遮って、マクミランが悲痛な叫び声を上げた。

『出ていった途端、俺は撃たれる。銃を構えた狙撃手《そげきしゅ》たちが取り囲んでいるんだろう？』

「落ち着いて、ケビン。警察は君を撃ったりしない」

『信じられない。今、ニュースで見たぞっ。あの銀行強盗の犯人たち、全員、撃ち殺されたんだろう？　俺もあんなふうに死ぬんだ……っ』

ステファンが「駄目だ」と呟いた。

「恐怖でパニックを起こしている」

ロブは捲し立てるマクミランの声を聞きながら、唇を撫でていた。このピンチをどう乗り越えるか、一生懸命に考えているのだろう。

「ケビン。俺を信じてくれないか。俺は君の力になりたいんだ。そのためにここにいる」

『口先だけなら、なんとでも言えるっ』

「じゃあ、こうしないか。俺がそっちに行こう。ひとりで君を迎えに行くよ」

ヨシュアは唖然《あぜん》としてロブの横顔を凝視した。ヨシュアだけではない。誰もが驚愕《きょうがく》の表情でロブを見つめている。

『あんたが、ここに……？』

「そうだよ。外に出る時は俺とそこにいる刑事が、両側から君をガードする。ピタッとくっついてね。そうすれば誰も君を撃ったりできない。ね、どうだろう？」

マクミランは迷っているのか、すぐには返事をしなかった。

「ケビン。とりあえずそっちに行くから、俺を部屋に入れてくれないか。頼むよ」

『……わかった。あんたひとりで来てくれ。他に誰か連れてきたら、承知しないぞ』

ロブは「約束するよ」と答え、電話を切った。

「無茶です、コナーズ教授っ。あなたまで人質になったらどうするんですか」

食ってかかるステファンに、ロブは「ならないよ」と答え、椅子の背に掛けていた上着を羽織った。

「俺はマクミランを信じてる。彼は俺を部屋に招き入れ、その後、俺と腕を組んで外に出てくる。絶対だ」

「交渉に絶対などありません。第一、クロージングが一番危険なのは、あなただってわかっているはずです。投降すると言ってから、急に暴走を始める容疑者は多い」

ロブは心配するステファンの肩を軽く叩いた。

「だとしても、俺は行くよ。俺が信じてやらなきゃ、いったい誰が彼を信じるの？　今現在、マクミランの一番近い場所にいるのは俺だ。彼を外に連れ出せるのは俺しかいない。――ワルト部長、行ってもいいですよね」

「こうなった以上、仕方ありません。コナーズ教授のやり方にお任せしましょう」

「ありがとうございます」

ロブは防弾チョッキを身につけることは渋々承諾したが、拳銃と盗聴器の持参は「もしマクミランのボディチェックを受けることになったら、取り返しのつかないことになる」と言い、断固として拒んだ。

すべての準備が整うと、ロブはヨシュアを振り返った。

「ヨシュア、ちょっと来てくれないか。ふたりだけで話がしたい」

ロブは荷物置き場になっている隣の部屋にヨシュアを連れていき、そっとドアを閉めた。

「……ヨシュア。怒ってる？」

「ええ。怒ってます。あなたはどうして無茶ばかりするんですか。身体を張る仕事は警察に任せておけばいいのに」

ヨシュアは拳を強く握り込んで、ロブをにらんだ。そうしないと殴ってしまいそうだった。

ロブは困ったような笑顔を浮かべ、首を振った。

「交渉役を引き受けた以上、俺には責任がある。マクミランを救いたいんだ」

「どうして……。マクミランは犯人ですよ？　犯罪者なのに、そこまでしなくても……」

「俺はこの数時間、マクミランのことを憎い犯罪者だと思って接してきたんじゃない。俺が絶対に救うべき相手だと思い、最大限の敬意と誠意を払ってきたつもりだ。なぜだかわかる？　相手の信頼を得るためだ。まずは信じること、そして信じてもらうこと、そこを分岐点にして、人と人の関わり合いはいい方向に進んでいくんだよ」

ロブにすれば交渉術の基本を説いているだけなのだろうが、ヨシュアには別の意味に聞こえた。ロブにこう言われている気がしたのだ。

――君も恐れていないで人を信じて。俺を信じてごらん。

「……あなたはどうして、そんなふうに容易《たやす》く他人を信じられるんですか？」

「容易くはないよ。でも俺はマクミランを信じると決めた。それだけのことさ」

ロブの瞳には、ある種の決意が漲《みなぎ》っていた。覚悟と言い換えてもいいだろう。ヨシュアはその時になって、やっと気づいた。ロブがマクミランを信じられるのは、人がいいからでも優しいからでもない。彼は信じると決めたのだ。そしてその決意を、意志の強さで最後まで貫こうとしている。

人を信じるということは、言い換えれば相手を疑わないこと。裏切られるかもしれないという不安を押しのけ、自分の信念を貫くこと。強い心がなければ、できないことなのだ。わけもなく泣きたくなった。胸の奥から押し寄せてくる様々な感情の波に、存在ごと呑み込まれそうだった。

ヨシュアはたまらずロブの首に両腕を回し、強く抱きついた。

「お願いです。絶対に無事に帰ってきてください……」

「ああ、もちろんだよ。……愛してる、ヨシュア」

ヨシュアはハッと瞠目《どうもく》し、顔を上げた。ロブの熱い瞳がすぐそばにあった。何か言おうと開いたヨシュアの唇は、ロブの熱い唇で塞《ふさ》がれた。

激しく口腔を奪われた。吐息まで持っていかれてしまう。ロブの激しい口づけに、心ごとめちゃくちゃに乱れていく。

何も考えられず、夢中になって応えた。唇を重ねていると、狂おしいほどにロブへの恋しさが募っていく。

長いキスが終わると、ロブは息を乱しているヨシュアの髪を愛おしげに撫で、額に唇を押し当てた。

「君は少しだけ、ここにいたほうがいいな」

「え……？」

「俺が散々キスしたせいで、唇が赤くなってる。それに目は潤んで頬も上気している。そんな色っぽい顔で出ていったら、俺が悪さしたって丸わかりだ」

「ロ、ロブっ」

からかわれて怒るヨシュアからパッと身を翻すと、ロブは「行ってくる」とウインクして、素早く部屋を出ていった。

ヨシュアは熱くなった頬を押さえ、気持ちを落ち着かせてから部屋を出た。そこにロブの姿はもうなく、ディックやパコたちも外に出ていた。

ヨシュアも急いで建物の外に出た。投光器に照らされて昼間のように明るい無人の通りを、ゆっくりと歩いていく後ろ姿が見えた。誰もが無言でロブの歩みを見守っている。

ロブはアパートメントの入り口で立ち止まると、後ろを振り返って軽く手を上げてから、建物の中へと姿を消した。

「コナーズ教授がアパートメントの中に入った。突入班と狙撃班はその場に待機。指示があるまで絶対に動くな」

険しい表情のワルトが、無線機で部下たちに指示を出している。おそらく銀行強盗の立て籠もり事件に多くの隊員を奪われているので、こちらの現場は十分な人員を配置できていないはずだ。万が一のことを考えれば、万全とは言い難い状況だろう。

「建物に入ってから五分が過ぎたぞ。まだ出てくる気配がない」

パコが腕時計に目をやりながら、低い声で呟いた。なんの動きも見られないまま、緊迫したムードだけが否応もなく高まっていく。

ヨシュアはロブの無事を祈りながら、いつかの自分の姿を思いだしていた。ロブがマリナデルレイのコンドミニアムで、コリン・ウィリアムスに襲われた時のことだ。

パコの指示で慌てて部屋に戻る道すがら、ヨシュアは必死で願った。ロブが無事でありますように、自分は間に合いますようにと。

状況は似ているが、あの時よりロブの存在は比べようもないほど大きくなっている。まだ恋人にもなっていないが、ロブは今のヨシュアにとって誰よりも大事な人なのだ。

ヨシュアは心の中で自分の鈍さを詰《なじ》った。こんなに好きなのに、どうしてロブの気持ちを素直に受け入れられなかったんだろう。

人を信じるために必要なのは、疑うことを知らない無垢《むく》な気持ちではないのだ。必要なのは、疑ってなお、不安を感じてなお、それでも相手を心の中まで迎え入れたいと願う気持ち。相手の心の中に入っていきたいと思う欲求。信じたいという希求。共にありたいと願う愛情。

傷つきたくないという弱さや、人と関わる煩わしさを拒む気持ちを、ヨシュアは克服しようともせず、すべてを父親のせいにしてきた。原因をつくったのは父親かもしれないが、そのことを理由にして努力してこなかったのは、ヨシュアの狡《ずる》さだった。

——自分を変えたいと思っているなら、一歩を踏み出さないと。

ロブもそう思ったから、あの時、わざと冷たい態度を示したのかもしれない。

ヨシュアは心から思った。ロブに向かって、一歩を踏み出したい。彼の隣を歩いていける男でありたい。

だからここに帰って来てほしい。あの笑顔を見せてほしい。

ロブ。お願いだから、早く——。

「出てきたぞっ」

誰かの声が聞こえた。確かにアパートメントの入り口に誰かがいる。

「ロブだ。ユウトもいるぞ」

パコが呟いた。その緊張した声は、まだ安心はできないと物語っている。

マクミランはロブとユウトに挟まれる格好で立っていた。ロブが電話で言った通り、ふたりに腕を組まれている。ユウトは左手でマクミランと腕を組み、右腕には五歳くらいの少年を抱きかかえていた。デュマスの息子のデイルだ。少年は投光器の光が眩《まぶ》しいのか、ユウトの肩に顔を伏せている。

大勢の警官が固唾《かたず》を呑んで見守る中、ロブとマクミラン、それにユウトとデイルはヨシュアたちのいる場所へと辿り着いた。

「ケビン。一緒に歩いてくれてありがとう。君に手錠をかけることになるけど我慢してくれ」

ロブの言葉にマクミランは疲れた表情で頷き、素直に両腕を差しだした。ワルトがマクミランの前に立ち、容疑者の権利を読み上げた。

「ケビン・マクミラン。君には黙秘権がある。君の供述は法廷で不利になることがある。君には弁護士の立会いを求める権利がある。弁護士を雇う経済力がなければ、公選弁護人をつけることもできる」

すべて言い終えると、マクミランの両腕に手錠がかけられた。ロブはマクミランを車まで見送り、最後まで温かい言葉をかけ続けた。

「デイル、後でパパに会わせてやるからな」

ユウトに抱きかかえられたデイルは、泣きそうな顔でコクリと頷いた。救急隊員がユウトの身体に毛布をかけていると、キャシーが現れた。

「ああ、デイル……っ。怖かったでしょう？　私がついてるから、もう大丈夫よ」

ユウトの腕からデイルを譲り受けたキャシーに、パコは救急車に乗るよう指示を出した。

「お前ももう一台の救急車に乗れ。ディックはユウトに付き添ってやってくれ」

「俺も？　怪我なんてしていないのに」

「駄目だ。念のために病院で検査してもらえ」

ユウトは不承不承に「わかったよ」と答え、ディックを振り返った。

「ところでディック。あの伝言、俺の恋人に伝えてくれた？」

「ああ。安心しろ。ちゃんと伝えたから」

ふたりは微笑みをかわした後、強く抱き締め合った。パコが見ていられないというように、顔を背ける。

「や、これは感動的なシーンだな。俺も交ぜてくれ」

戻ってきたロブが、飛びかかるような勢いでふたりに抱きついた。ユウトは「苦しいよ」と笑い、ロブの身体を押しやった。

「ありがとう、ロブ。また君に助けられたな」

「ふふん。俺って頼りになる男だろう。……振ったこと、ちょっぴり後悔してない？」

最後の質問は小声だった。ユウトは一瞬、ディックと顔を見合わせ、笑いをこらえた顔でこう答えた。

「悪いけど、まったく後悔してないな」

「あ、そう。もういいよ。聞いた俺が馬鹿でした。ほら、早く救急車に乗って」

ユウトとディックがいなくなると、ロブはいきなりその場にしゃがみ込んだ。

「ロブ？　大丈夫ですか？」

「ああ、ちょっと気が抜けただけ」

無事に事件が解決して、一気に気持ちがゆるんだのかもしれない。陽気に振る舞っていても、交渉役という大役を引き受け、ロブなりに凄まじい重圧と闘っていたのだろう。

「ここまで自分の車で来たんですか？」

「いや、タクシーで来た」

「なら、私が家までお送りします」

ロブは「それは助かるな」と微笑み、「よっ」と声を出して難儀そうに立ち上がった。

「ワルト部長、俺は帰ります。明日、署に顔を出したほうがいいですか？」

部下と話をしていたワルトはロブを見て、「そうしていただきたい」と頷いた。

「了解。じゃあ、また明日」

「ああ、コナーズ教授」

背後からワルトに呼び止められ、ロブは「なんでしょう」と振り返った。

「もし大学を辞めることになったら、ぜひうちの交渉班に入ってください。歓迎しますよ」

からかうように笑っているワルトを見て、ロブは大きく首を振った。

「遠慮します。こんな大変な仕事、俺には無理です。気楽な学者稼業が一番ですよ」

「送ってもらったうえ、コーヒーまで淹れてもらって、すまないね」

「いえ。これくらい、なんでもありません」

リビングのソファにくつろいだ様子で座るロブは、ヨシュアの淹れたコーヒーを半分ほど飲み終えると、絞りだすような深い溜め息をついた。

「やっぱり家がいいなぁ」

「お疲れのようですね」

「ああ。さすがに今夜はへとへとだ」

珍しく弱音を吐くロブを見て、ヨシュアは早く帰ったほうがいいと思った。他人が家の中にいると、ロブも心底リラックスできないだろう。

だがそう思うのに、「帰ります」のひとことがどうしても出てこない。まだロブと別れたくないのだ。

できれば今の素直な気持ちを打ち明けたい。ロブの気持ちに応える覚悟ができたこと。自分から一歩を踏み出したいと、心から思えたこと。何より、ロブを好きだという率直な気持ちを、言葉にして伝えたかった。

けれど今夜はロブも疲れている。日を改めたほうがいいのかもしれない。

「……帰ります。お邪魔しました」

「え？　もう？　まだいいじゃないか」

「そ、そうですか」

ヨシュアは浮かしかけた腰を元の位置に戻した。そんなふうに言われると帰れなくなる。

「じゃあ、もう少しだけ」

「うん。そうしてくれ。なんだったら、泊まっていけば？　明日の朝は早いの？」

ヨシュアは俯きながら、明日は海外に出ていたクライアントを出迎えるために、午後から空港に行くことになっていると答えた。喋っている間にも、なぜか耳が熱くなってくる。

「そう。……ところで赤い顔してるけど、風邪でも引いた？」

ロブの無神経なひとことに、ヨシュアは本気で傷ついた。

「違います」

「ならいいんだけど」

呑気《のんき》に笑うロブが急に憎らしく思えてきた。心理学の専門家のくせに、なぜこういう時だけ鈍いのだろう。

ヨシュアはコーヒーを啜るロブを見据え、口を開いた。

「赤い顔をしているのは、あなたが泊まっていけと言ったからです。特別な意味がなかったとしても、それくらい察してくれればいいのに」

目もとを赤くして自分をにらみつけているヨシュアを見返し、ロブはポカンとした顔で

「え？」と呟いた。

「だ、だって君は俺が隣に寝ていても、まったく平気なんだろう？　ビーチハウスでも言ったじゃないか。俺がそばにいても熟睡できるって」

「あれは、あなたにからかわれたと思ったから。つい減らず口を叩いてしまったんです」

「じゃあ、俺のこと意識してるの？　迫られたらどうしようって、ドキドキしてるの？」

なんとなくイエスと答えづらい質問だったが、ヨシュアは思いきって頷いた。

「嘘だ。君っていつも俺の前じゃ、憎らしいくらいに平然としてるじゃないか」

「そういう顔なんです。これでもドキドキしてます。今だってほら」

咄嗟に隣に行き、ロブの右手を摑んで自分の胸の上に押し当てていた。

「……ホントだ。ドキドキしてるね」

至近距離に迫ったロブの瞳を見て、ヨシュアはハッと我に返った。

「すみません。馬鹿みたいにムキになって……」

慌てて離れようとしたら、「いいよ」と腰を抱き留められた。

「もっとムキになって。君の怒った顔もすごく魅力的だ。目が離せなくなる」

柔らかな声で蠱惑《こわく》的に囁かれる。どうやら、スイッチが入ってしまったようだ。なんのスイッチと聞かれても上手く説明できないが、恋する男モードとでも言うのだろうか。ロブの目は「今から君を口説くよ」と訴えている。

「あの、ロブ。話を聞いてください」

「うん。聞いてる」

巧みに誘導して、まんまとヨシュアを自分の膝に乗せることに成功したロブは、うっとりした目つきで頷いた。

「あなたは私に努力していないと言いました。それは父親のせいにすることで、自分の抱える問題と真剣に向き合っていないってことですよね」

「そうだよ。君が深刻な精神疾患を患っているなら、あんなことは言わなかった。君は確かにいくつかの問題を抱えているが、心は病んでない。他人と交わることを本気で拒む人間は、ボディガードなんて仕事は選ばないものだ。君が人を守るという職業を選んだのは、無意識のうちに他人と関わって生きていきたいと、願っていたからじゃないのかな」

そうなのだろうか。自分ではよくわからない。護身のつもりで始めた格闘技が面白くなり、気がつけばそこそこの腕前になっていた。自分の能力を活かせればという単純な思いから、シークレットサービスに入ったのだ。

「話はもう終わり？」

指先であやしく耳をくすぐられ、ヨシュアは咄嗟にロブの手をねじり上げた。

「痛いよ。俺を痴漢扱いしないでくれ」

「す、すみません。でも話はまだあるんです。大人しく聞いていてください」

「わかった。どうぞ」

ロブは腕をさすりながら、少し拗《す》ねたような顔でヨシュアを見上げた。

「では結論から言います」

「またっ？　……いや、いいよ。なんでも言ってくれ」

ヨシュアはロブの膝に乗ったまま、迷うことなく言い切った。

「私をあなたの恋人にしてください。今日から。いえ、今この時から」

ロブの表情がフッとゆるんだ。少し泣きそうな顔にも見える。

「やっと決意してくれたの？」

「はい。あなたが好きです。やっと素直な気持ちになれました。待たせてすみませんでした」

本当は言いたいことがもっとあるのだが、今はごちゃごちゃとつけ足したくなかった。好きだという気持ちさえ、わかってもらえればいい。

ヨシュアはロブの肩に両腕を回した。呼応するように、ロブの腕も背中に巻きついてくる。

「嬉しいな。夢を見ているみたいだ。でも本当に無理してない？」

「してません。その、できれば今夜はずっと……」

一緒に過ごしたい。そう言いたかったが、照れくさくて口にできなかった。

「今夜は何？　まさか俺の腕の中にいたいとか？」

ズバリと言い当てられ、ヨシュアは口をモゴモゴさせた。

「いえ、いいんです。今日はあなたもお疲れでしょうから、別々に寝ましょう」

ロブを思いやって真面目に言ったのに、なぜか大笑いされてしまった。

「ああ、もう君って最高だな。でも男心がまったくわかってない。好きな相手からベッドの誘いを受けて、『じゃあ、また今度』なんて言う馬鹿がいると思ってるの？」

ロブは散々笑って、笑いすぎて目に涙まで浮かべていた。


シャワーを浴びてベッドに座って待っていると、バスローブを着たロブが部屋に入ってきた。手にはワインボトルとグラスを持っている。

「ワインでもどう？　少し飲むとリラックスできるよ」

「別に緊張などしていません」

男のくせに、セックスごときで不安になっているとは思われたくなくて、可愛くない言葉を返してしまった。ロブは気にした様子もなく、「羨《うらや》ましいな」と肩をすくめた。

「俺はちょっと緊張してるよ。いい年して馬鹿みたいだけど」

ベッドに腰を下ろしたロブは、グラスにワインを注ぎながら言った。

「……すみません。嘘です。私も少し緊張しています」

ヨシュアが白状すると、ロブは声を出さずに笑った。

「じゃあ、やっぱり少し飲んだほうがいい。酔わない程度にね」

ロブはワインを口に含むと、ヨシュアの顎を指ですくった。意図を察して反射的に唇を開くと、甘いワインが流れ込んできた。喉を鳴らして飲み干す。ホッと吐息をもらしたヨシュアの唇を、ロブが再び塞いできた。

アルコールに弱いヨシュアは、それだけの量でも頬が熱くなった。ロブはヨシュアの髪を撫でながら、自分もワインを飲んだ。無言で見つめ合うだけで、身体の奥がじわじわと熱くなってくる。ロブのまっすぐな視線に耐えかね、ヨシュアは目を伏せた。

「どうして目をそらすの？」

「……わかりません。あなたと見つめ合っていると、胸が苦しくなるんです。今にも心臓が破裂しそうです」

ロブはワイングラスをナイトテーブルの上に置くと、強い力でヨシュアを抱き締めた。

「まったく君って男は、どうしてそんなに可愛いんだ」

「わ、私は可愛くなんかありません」

「いーや。可愛い。可愛すぎて、丸ごと食べてしまいたいくらいだよ。……ん？　今のちょっとオヤジ臭いセリフだった？」

眉根を寄せて難しい顔で聞くものだから、ヨシュアは緊張も忘れて笑ってしまった。

「笑ってくれたね。いい顔だ。怒った顔も照れる顔も好きだけど、やっぱり笑顔が一番だよ」

チュッと軽くキスされ、ヨシュアは妙に恥ずかしくなった。

「あなたの口の上手さはペテン師並みですね。感心してしまいます」

「ひどいな。俺は嘘は言わないよ。どんな言葉も、いつも本気で言ってるんだから」

ロブはクスクス笑いながら、さり気なくヨシュアをベッドに押し倒した。

「そうですね。あなたは自分の言葉に責任を持てる人です」

ヨシュアは覆い被さってきたロブの頬を撫で、自分から唇を押し当てた。ロブの熱い舌先が内側に入り込んでくる。深く受け止め、焦らすように逃げ、絡め合う。繰り返しているうち、息が乱れてきた。

ロブに借りたシャツが、持ち主の手によって奪われていく。裸を見せることに抵抗はないが、舌や唇で至るところを愛撫《あいぶ》されるのは、無性に恥ずかしかった。ロブの愛撫は巧みすぎて、肩だの背筋の窪《くぼ》みだの骨盤の上だの、そんなどうでもいいような場所でさえ、甘い刺激を受けると身体が小刻みに震えた。

ズボンを脱がされ、下着の上からそこに口づけられた。布越しに感じる熱い吐息が、もどかしくてたまらない。直接、触れてほしいのに、ロブはなかなか先へと進んでくれないのだ。

「ロブ、焦らさないで……」

我慢できず、ヨシュアは懇願した。下着の中ではとっくに性器が昂ぶっている。

「どうしてほしいの？」

硬くなったそれを、ロブが布越しに舐《な》め上げる。意地悪に細められた目は、怖いほどにセクシーだった。ヨシュアは荒い息を吐きながら、「わかってるくせに」と恨めしげに呟いた。

「わかっていても言わせたいんだよ。さあ、言って。俺にどうしてもらいたいの？」

軽く歯を立てられ、ヨシュアは低い呻き声をもらした。

「……て」

「何？　聞こえないよ」

ベッドの中だと、ロブはとことん意地悪になるらしい。ヨシュアは両腕を顔の前で交差させ、半ばやけくそのように言った。

「舐めてください。俺の、ペニスを……。お願いだから」

「よく言えたね。いい子だ。お望み通り、たっぷり可愛がってあげるよ」

ロブはヨシュアの下着を下ろすと、反り返ったペニスを口に含んだ。熱い口腔に包まれ、全身がカッと燃えさかるような錯覚に襲われた。

根もとからつけ根まで、柔らかな舌で扱《しご》かれる。同時に舌先で先端の割れ目や、くびれの部分を刺激される。ロブのフェラチオは絶妙だった。

「あ……ロブ、もっと、ゆっくり……。駄目です、そんなにしたら、もう……」

あまりに気持ちよすぎて、ヨシュアは長く保たず、ロブの口の中で果てた。

「い、いつもは、もっと遅いんです。こんな早く達《い》ってしまったのは、今夜が初めてで……」

言い訳せずにはいられなかった。ロブは優しく笑って、ヨシュアの鼻先にキスをした。

「それだけ気持ちよかったってことだろう？　早いとか遅いとか、気にすることないんだよ」

ロブは背中に回した手をさらに下げ、ヨシュアの尻を撫でた。

「こっちは抵抗ある？　無理そうなら、やめておくけど」

「い、いえ。構いません。覚悟はできてますから」

ヨシュアの言い方が可笑《おか》しかったのか、ロブは口元をゆるめて身体を起こした。

「じゃあ、試してみよう。無理はしないから、安心して。君に辛い思いはさせないよ」

ナイトテーブルの引き出しからローションを取りだしたロブは、手早く準備を整えると、再びヨシュアに身体を重ねた。

濡《ぬ》れた指先が、そこをまさぐってくる。拒絶するつもりはないのに、触られると小さな蕾《つぼみ》はキュッと口を閉ざしてしまう。ロブは耳もとや首筋にキスをくり返しながら、ヨシュアの内部にそっと指を埋め込んできた。

「ん……」

「力を抜いて。大丈夫。指だけなら痛くないから」

ロブは時間をかけ、そこを解《ほぐ》し続けた。なかなか慣れない身体を申し訳なく思ったヨシュアは、せめてもの罪滅ぼしにと思い、ロブの猛った股間に手を伸ばした。

「ヨシュア……？」

「私にも、触らせてください」

ロブのペニスを強く握り締めた。上下に扱いていると、なぜかロブが溜め息をついた。

「気持ちよくなかったですか？」

「いや。気持ちいいよ。でもあんまり触られると、早く君とひとつになりたくなって困る。まだ柔らかくなってないのに」

ロブは困ったような表情を浮かべると、ヨシュアの手を摑んで自分の尻に添えさせた。

「なんだったら、君が挿れてみる？　俺はどっちの経験もあるから、君さえよければ構わないんだけど」

「俺が、あなたに……？」

そういうこともありなのだとは、まったく思いもしなかった。

「君にとっても、そのほうが自然かな？　受け身はやっぱり気持ち的に難しいだろう？」

確かにまったく抵抗がないとは言い切れない。ロブとセックスする覚悟はできているし、今も望んで身体を触れ合わせているが、アナルセックスは少々勇気がいる行為だ。

しかしロブが望むならいいと思う。いや、望むようにしてほしいと思うのだ。

「私はあなたが望む方法で構いません。だって抱き合うという行為においては、どちらでも同じですから」

ロブはヨシュアの唇を撫で、「君って本当に最高だね」と微笑んだ。

「やっぱり今夜は俺がするよ。君を自分のものにする喜びを強く味わいたい。……なるべく気をつけるけど、もし辛かったら言ってくれ」

「大丈夫です。私は男ですから、少しくらい乱暴にされても平気です。むしろ気をつかいすぎて、あなたが満足できずに終わることのほうが嫌です。だから遠慮はいりません」

「……君には負けるよ。本当に男らしいな」

ロブはバスローブを脱いでコンドームを装着すると、ヨシュアを俯《うつぶ》せにしてから、後ろからゆっくりと自身を埋め込んだ。ローションのぬるつきがあるので挿入はなめらかだったが、圧迫感だけはどうしようもなかった。

「ヨシュア、息を詰めないで。ゆっくり吐いて。リラックスして力を抜くんだ」

段々と大きさにも慣れてくると、受け入れている苦痛が和らいだ。

「ロブ、動いて……。大丈夫だから、ちゃんと俺を、味わって、ください……」

「味わってるよ。君は最高だ。ああ、ヨシュア……。愛してる……」

ゆっくりと抽挿を開始したロブは、切れ切れに甘い吐息と甘い言葉をこぼした。痛みと違和感は最後まで消えなかったが、ロブの興奮が伝染し、ヨシュアも次第に快感を覚え始めた。

浮かした腰の下に、ロブの手が滑り込んできた。反応を示しているヨシュアのペニスを握り、腰の動きに合わせて扱いてくる。

「あ……、ロブ、また、達きそうです……っ」

「達っていいよ。俺を感じながら、何度でも達ってくれ。……ああ、俺ももう駄目だ。ヨシュア、ヨシュア……」

ベッドをギシギシと軋《きし》ませながら、ロブはヨシュアの奥深くを占領し続けた。

「……あ、はぁ……、ん……っ」

ヨシュアが背筋を仰《の》け反《ぞ》らして白濁を吐きだすと、ようやくロブも自身を解放した。

「く……っ」

強く腰を掴んだまま、ロブが低く唸《うな》って果てた時、ヨシュアは震えるほどの喜びを感じた。理屈ではない熱い感情がとめどなくあふれ出してきて、目の前が滲んで見えた。

やっとロブのすべてを受け入れられた。ロブと最高の喜びを分かち合えた。そんな感激に襲われ、胸がいっぱいになったのだ。

「ヨシュア。大丈夫？　辛くなかった？」

枕に顔をうずめていると、ロブが心配そうな様子で後ろからのぞき込んできた。

「平気です」

「……でも目が赤い。やっぱり痛かったんだろう？　ごめんよ。無茶はしないと言ったのに、すっかり興奮して歯止めが利かなくなった。反省してる」

ヨシュアの涙のわけを勘違いしたロブは、すっかり悄気《しょげ》返っていた。

そんなロブを見ていたら、また新たな涙がこぼれてきそうになった。けれど泣いたらロブが心配する。ヨシュアは必死で笑顔をつくり、ロブの首に抱きついた。

「ロブ。大好きです。……愛してます」

自然とそんな言葉を口にしていた。シェリー以外に愛してると言った相手は、ロブが初めてだった。

「ありがとう。俺も愛してる。でも俺たちは、まだまだこれからだよね。ディックとユウトみたいに、喧嘩《けんか》したってビクともしないような強い関係を築いていこう。ふたりで一緒に」

「はい」

「時には意見が食い違ってもいいんだ。考えが違うのは当然だ。俺と君は別々の人間なんだから、無理に意見を合わせる必要はない。でも理解する努力だけは怠らないようにしよう」

ロブの言わんとしていることは、うっすらとわかった。意見が対立しても、逃げないでくれと言っているのだろう。

たとえばケラーの死刑を巡るふたりの考え方は、まったく違う。でもそれでいいのだ。互いを信じ合う気持ち。求め合う気持ち。それさえあれば、後のことはどうにでもなる、些細な問題なのかもしれない。

「ヨシュア。俺は君に約束するよ。俺は何があっても、君を丸ごと受け止めてみせる。だから君も逃げずに、どんな時も俺にぶつかってきてくれ。真正面から向き合える関係だけは、絶対に壊したくないんだ」

温かな腕の中で、ヨシュアは小さく頷いた。

ロブとなら、きっとどこまでも一緒に歩いていける。ロブは自分が逃げない限り、どんな時も隣にいて手を差し伸べてくれるだろう。

共に生きていける人を得られた喜びを噛みしめながら、ヨシュアは思った。

自分の中にある憎しみや悲しみは、いつかきれいに消えてなくなるかもしれない。

ロブというかけがえのない存在が、忘れさせてくれるのではないか。

「ねえ。ひとつ聞いてもいいかな」

ヨシュアが頷くと、ロブは「ずっと気になっていたんだ」と言って片肘を突いた。

「君がシークレットサービスをやめた理由。……もし言いたくなければいいよ」

「別に構いません。私がシークレットサービスを辞めたのは、警護していた副大統領のお嬢さんとの間で、個人的トラブルが起きたからです」

ロブは神妙な顔で「トラブル?」と呟いた。

「はい。お嬢さんは私に好意を寄せていました。でも相手にされなくて怒った彼女は、私を部屋に呼び出し、自分で服を脱いで金切り声を上げました」

「え?」

「乱暴されかけたという自作自演です。私がクビになればいいと思ったのでしょう。ですが私は嫌な予感がしたので、ポケットに入れたボイスレコーダーで、彼女との会話の一部始終を録音していました。それが証拠となって、なんの罪にも問われませんでした」

　ロブは「すごい子だね」と呆れた顔で感想をもらした。

「でも、それだったら辞めることなかったのに」

「なんとなく人生をリセットしたくなったんです。それにDCにいるとシェリーのことばかり思いだすので、以前からLAに帰ってみたいと思う気持ちもあったんです」

「そうか。でもそのお嬢さんには感謝しないとね。セクハラしてくれたおかげで、俺と君は出会えたんだから」

　なんでも前向きに考えるロブは、ヨシュアの災難まで笑い話に換えてしまった。だがヨシュアは頷けなかった。ロブとはLAに来る前に、一度、会っているのだ。会っただけなく、会話もしている。

　ただその事実は打ち明けにくい。たいした理由ではないのだが、なんとなく言うのは恥ずかしかった。

「……ヨシュア。さすがに限界が来たみたいだ。寝てもいいかな」

　眠そうな顔で欠伸《あくび》を嚙み殺すロブに、ヨシュアは「どうぞ」と微笑んだ。

「ゆっくり寝てください」

「ねえ。勝手に帰らないでくれよ。朝、起きた時、隣に君がいてほしいんだ」

　布団の中で手を強く握られた。

「帰りません。あなたが目覚めるまで、隣にいますから」

「絶対、だよ……。おはようのキスをして、それから……一緒に朝ご飯を食べて……」

「ええ。すべてロブの望みのままに」

頬にキスしてやると、ロブは嬉しそうに唇をゆるませたまま、子供のようにスースーと寝息を立て始めた。

ヨシュアはちっとも眠くならないので、ロブの寝顔をずっと眺め続けた。退屈は感じなかった。むしろ嬉しくて仕方がない。

ロブと初めて会った日のことは、今でもはっきりと覚えている。

あれは今から五年前。場所はロブの勤める大学の教室だった。


トーマス・ケラーの逮捕のきっかけをつくり、逮捕後も遺体の遺棄場所を教えるようケラーを何度も説得してくれたというロブ・コナーズ。ヨシュアはロブに興味を持ち、彼の書いた犯罪学の本を何冊か読んだ。そして実際に会いたいと思うようになり、ついにはロブのいる大学に行き、そこの学生のふりをして彼の講義に出席したのだ。

ロブの講義は面白かった。深刻になりがちな犯罪についての問題を、時にユーモアを交えてわかりやすく講義していく。だが笑わせるだけではなく、必要な場面では厳しい言葉も口にして問題点を明確にし、最後は学生たちに自身で考えるよう問いかけて講義を終わらせた。

講義が終わって学生たちが、ぞろぞろと教室から出ていく。ロブは教壇に残り、ノートに何か書き込んでいた。

ヨシュアは迷いながらも、教室の一番後ろから、教壇を目指して歩き始めた。ちなみにその頃のヨシュアは、髪は半端に伸びてボサボサで、不格好な黒縁の眼鏡をかけていた。

ロブの前に辿りついた時には、もう学生は誰も残っていなかった。完全にふたりきりだ。ヨシュアは書き物を続けているロブに、思いきって声をかけた。

「コナーズ先生。少しお時間をいただけますか」

ロブは顔を上げて、ヨシュアを見た。なんだい、と問いかけているような目で見られ、緊張した。ヨシュアは硬くなりながらも、肩に掛けたキャンバス・バッグから一冊の本を取りだした。

「先生のご本を読ませていただきました。よければ、サインをお願いできないでしょうか」

ロブはヨシュアが差しだした本を受け取ると、「へえ」と白い歯を見せた。

「これを読んでくれたのか。面白かった？」

「はい。とても興味深くて、夢中で読みました」

「それは嬉しいね」

ロブはペンシルケースからマジックを取り、机の上に本を置いた。

「せっかくだから、君の名前も入れておこうか？」

ヨシュアは内心で冷や汗をかいた。名前を言えば、ここの学生でないことがばれてしまう。

「い、いいえ、名前はいいです。恥ずかしいので」

適当な言い訳をすると、ロブは片眉を上げて「シャイなんだね」と笑った。サインを書き終えた本を受けとったヨシュアは、俯きながらもうひとつの頼み事を口にした。

「あの。握手してもらえませんか」

「いいよ。はい」

まっすぐに差しだされた大きな手。ヨシュアはおずおずと右手を伸ばした。手のひらが触れ合った途端、ギュッと強く握られた。

なぜかわからないが、その温かさに涙が出そうになった。

「ありがとうございます……」

礼を言って教室から出ていこうとしたら、「待って」と呼び止められた。振り向くと、ロブは首を傾けていた。

「君、いつも俺の講義に出席してくれているの？」

怪しがられたと思い、ヨシュアはドキッとした。必死で冷静を装い「はい」と答える。

「そう。だったらいいんだけど。……じゃあ、また会えるね。さようなら」

ヨシュアはぎこちなく微笑んで、逃げるように教室から飛びだした。本を胸に抱えたまま、廊下を走った。走って走って大学の外まで来ると、やっと立ち止まり、乱れた息を整えた。

あらためて本を開き、ロブのサインを確認する。不思議な達成感を味わいながら、ヨシュアはそこに書かれたロブの名前を見つめつづけた。


あれから五年が過ぎ、偶然にもまたロブと会うことができた。

『もしかして、以前にも会ったことがある？』

ディックに連れられ、初めてこの家を訪れた時、玄関でロブにそう聞かれた。あの時、初対面だと答えたが、心の中では「ええ」と答えていた。

――また会えましたね、ロブ。

――ずっとずっと、もう一度、あなたに会いたいと思っていたんです。

言えなかった言葉を胸の中で温めてきたが、いつか話してみようと思った。きっとロブは大《おお》袈裟《げさ》なほどびっくりするに違いない。

ヨシュアはロブの驚く顔を想像しながら、よく眠っている彼の隣で、目を閉じた。

あとがき

こんにちは、もしくは初めまして、英田《あいだ》サキです。

表題作である「ＳＩＭＰＬＥＸ」は今年の春頃に雑誌掲載された作品で、文庫化にあたり続編の「ＤＵＰＬＥＸ」を書き下ろさせていただきました。

キャラ文庫さまから本が出るのは「ＤＥＡＤＬＯＣＫ」シリーズ完結作の「ＤＥＡＤＳＨＯＴ」以来ですので、一年五か月ぶりとなります。

なのですが、シリーズ完結後に小冊子企画で番外編を三本書き、シリーズ三作品のドラマＣＤ化があり、またそれに付随してブックレット掲載用のショートを三本書いたりと、なんだかんだと「ＤＥＡＤＬＯＣＫ」シリーズとつき合ってきましたので、個人的な感覚としては間が空いたという感じがまったく致しません。でも本になるというのは格別の喜びがあるので、文庫化は嬉しい限りです。

今回は脇役として出演のユウトとディック。仲良くやっているようで安心ですが、ディックは完全にユウトの尻に敷かれてますね。多分、彼は一生ユウトには頭が上がらないと思います。ユウトのいない隙に、ドミノ・ピザをこっそり注文するディック。それはまあいいのですが、オリーブオイルの小瓶を眺めながら、溜め息をつく姿だけは見たくありません（笑）。

本編ではユウトに恋して献身的に尽くした（？）ものの、結局は報われなかったロブ。完結後、皆さまから「ロブを幸せにしてやって」という温かいご感想をたくさんいただきまして、いつかはロブを主役にしたお話を、と私も考えていました。

やっとその機会に恵まれましたが、いざとなるとロブにはどんな相手がいいのかなぁ、と頭を悩ませてしまいました。当初、ヨシュアのキャラ設定はまったく違っていました。ちなみにこちらが当初、担当さまにお送りしたキャラ設定です。

『ヨシュア・ブラッド……二十七歳。コンピューターの専門家。美形なのにオタク。やや人間的に壊れていて、皮肉な毒舌家。外見……白人。金髪。緑の目。身長は一七五センチ。細身だがスタイルはいい。髪の毛は軽くウェーブしていて、肩くらいまで。前髪は長め。全体にクールで気怠い感じ。場合によって眼鏡をかける』

かなり口が悪い設定だったので、もうまったくの別人ですね。お話のほうもですね、ヨシュアは凄腕のハッカーという設定で、ロス市警にハッキングして機密情報を盗んだ犯人を、ロブやユウトと共に突き止めるという内容でした。

ですが執筆に取りかかる直前、いろいろ考えてどうしても変えたくなり、キャラ設定からストーリーまで大きく変更させていただきました。実はイラストの高階佑《たかしなゆう》先生には、前バージョン・ヨシュアのキャララフまでいただいていたのです。こちらのヨシュアはちょっとパンクな雰囲気で小生意気そうで、今のヨシュアとはまた違った意味で魅力的でした。高階先生、せっかく考えて描いてくださったのに、お蔵入りとなってしまい申し訳ありませんでした。

現バージョン・ヨシュアは、どちらかというとクラシカルな雰囲気の正統派美形ですが、似たもの美形のディックと並ぶと、眩《まばゆ》くて目がチカチカします。警備会社ビーエムズ・セキュリティ、どんだけハイレベル。うちにもひとり派遣して。

書き下ろしの「DUPLEX」はヨシュア視点のお話でしたが、これが思ったより難産でした。この子の思考回路がなかなか把握できず……。普通、こういう場面では照れるだろうというシーンで平然としていたり、思いがけないところで赤くなったり。ここまで摑みづらいキャラは初めてのような気がしました。振り回されるロブの気持ちがわかった（笑）。

恒例（?）のタイトル説明を。シンプレックスは単純とか単一という意味の言葉ですが、IT用語では「片方向への送信しかできない通信路」を指す言葉だったりします。どこか噛み合わないふたり。ヨシュアと上手くコミュニケートできないロブのもどかしさなどを含めて、この言葉をタイトルにしました。

またIT用語としてのデュプレックスは、シンプレックス（単方向通信）の対義語で、「双方向に送受信が可能な通信路」を指す言葉です。お互いの気持ちがひとつになって、心の回路が通じ合うというイメージですね。

イラストの高階先生。今回も素晴らしいイラストをありがとうございました。ヨシュアの美しさには感動しました。そしてロブが格好いい。自分のキャラですが惚れ直しました。高階先生の新しいイラストを拝見できるのは、何よりの楽しみです。いつもいつも、感動をありがとうございます。なのにご迷惑をおかけしてばかりで、本当に申し訳ありません。

担当のMさん。毎回、謝ってますが、また今回もご迷惑をおかけしてすみませんでした。いい加減、あとがきで謝るのはやめようと思うのですが、自分の駄目さと至らなさを振り返ると、やっぱり謝るしかない状況で……。Mさん、いつも諦めずに待ってくださってありがとうございます。次にご一緒できるお仕事も楽しみにしております。

読者の皆さま。最後までのおつき合い、ありがとうございました。ロブもようやく人生のパートナーを得るに至りました。これも皆さんのご声援の賜物。本当にありがとうございます。

また次の作品で皆さまとお会いできますこと、楽しみにしております。

二〇〇八年十一月　英田サキ

この本を読んでのご意見、ご感想を編集部までお寄せください。

《あて先》〒105－8055　東京都港区芝大門2－2－1　徳間書店　キャラ編集部気付
「ＳＩＭＰＬＥＸ」係

■初出一覧
SIMPLEX……小説Chara vol.18(2008年7月号増刊)
DUPLEX……書き下ろし

Chara
SIMPLEX……【キャラ文庫】

2008年11月30日 初刷

著者 英田サキ
発行者 吉田勝彦
発行所 株式会社徳間書店
〒105-8055 東京都港区芝大門2-2-1
電話048-451-5960(販売部)
03-5403-4348(編集部)
振替00140-0-44392

印刷・製本 図書印刷株式会社
カバー・口絵 近代美術株式会社
デザイン 海老原秀幸

ISBN978-4-19-900501-5

好評発売中

この檻の中で、お前は
狩られる側の人間なんだ。

英田サキの本

【DEADLOCK《デッドロック》】

イラスト◆高階 佑

同僚殺しの冤罪《えんざい》で、刑務所に収監された麻薬捜査官のユウト。監獄から出る手段はただひとつ、潜伏中のテロリストの正体を暴くこと――!! 密命を帯びたユウトだが、端整な容貌と長身の持ち主でギャングも一目置く同房のディックは、クールな態度を崩さない。しかも「おまえは自分の容姿を自覚しろ」と突然キスされて…!? 囚人たちの欲望が渦巻くデッドエンドLOVE!!

好評発売中

英田サキの本

【DEADHEAT《デッドヒート》】

イラスト◆高階 佑

DEADLOCK《デッドロック》2

宿敵コルブスを追えば、いつかディックに会える——。密かな希望を胸にFBI捜査官に転身したユウト。彼を縛るのは、愛を交しながら決別を選んだCIAのエージェント・ディックへの執着だけだった。そんなある日、ユウトはついにコルブスに繋がる企業との接触に成功!! ところがそこで変装し別人になり済ましたディックと再会し!? 敵対する二人が燃え上がる刹那——デッドエンドLOVE第２弾!!

好評発売中

英田サキの本

【DEADSHOT《デッドショット》】

DEADLOCK《デッドロック》3

イラスト◆高階 佑

ディックを復讐の連鎖から解放したい──。宿敵コルブスの逮捕を誓い、捜査を続けるFBI捜査官のユウト。次のテロ現場はどこか、背後に潜むアメリカ政府の巨大な影とは…? ついに決定的証拠を掴んだユウトは、コルブスと対峙する!! ところがそこに現れたディックがコルブスの銃弾に倒れ…!? 執念と憎悪と恋情──刑務所から始まった三人のドラマが決着を迎える、衝撃のラストステージ!!

キャラ文庫既刊

■英田サキ
【DEADLOCK】
【DEADHEAT】DEADLOCK2
【DEADSHOT】DEADLOCK3
【SIMPLEX】DEADLOCK外伝
CUT高階 佑

■秋月こお
【やってらんねェぜ！】全6巻
【セカンド・レボリューション】やってらんねェぜ！外伝
【アーバンナイト・クルーズ】やってらんねェぜ！外伝2
【酒と薔薇とジェラシーと】やってらんねェぜ！外伝3
【許せない男】やってらんねェぜ！外伝4
CUTこいでみえこ
【王様な猫】
【王様な猫のしつけ方】王様な猫2
【王様な猫の陰謀と純愛】王様な猫3
【王様な猫と調教師】王様な猫4
【王様な猫の戴冠】王様な猫5
CUTかすみ涼和
【王朝春宵ロマンセ】
【王朝夏曙ロマンセ】王朝春宵ロマンセ2
【王朝秋夜ロマンセ】王朝春宵ロマンセ3
【王朝冬陽ロマンセ】王朝春宵ロマンセ4
【王朝唐紅ロマンセ】王朝ロマンセ外伝
【王朝月下繚乱ロマンセ】王朝ロマンセ外伝2
【王朝綺羅星如ロマンセ】王朝ロマンセ外伝3
CUT唯月 一
【要人警護】
【特命外交官】要人警護2
【駆け引きのルール】要人警護3
【シークレット・ダンジョン】要人警護4
【暗殺予告】要人警護5
【日陰の英雄たち】要人警護6
CUT緋色れーいち
【本日のご葬儀】CUTヤマダサクラコ
【幸村殿、艶にて候①～④】CUT九號

■洸
【機械仕掛けのくちびる】CUT須賀邦彦
【刑事はダンスが踊れない】CUT香雨
【花陰のライオン】CUT宝井さき
【黒猫はキスが好き】CUT兎りょう
【囚われの脅迫者】CUT DUO BRAND.
【深く静かに潜れ】CUT長門サイチ
【パーフェクトな相棒】CUT亜樹良のりかず

■いおかいつき
【恋愛映画の作り方】CUT高久尚子
【交番へ行こう】CUT桜城やや
【死者の声はささやく】CUT亜樹良のりかず
【美男には向かない職業】CUT DUO BRAND.
【好きなんて言えない！】CUT 有馬かつみ

■五百香ノエル
【キリング・ビータ】
【偶像の資格】キリング・ビータ2
【暗黒の誕生】キリング・ビータ3
【静寂の暴走】キリング・ビータ4
【GENE《ゲーン》】天使は裂かれる
CUT麻々原絵里依
【望郷天使】GENE2
【紅蓮の稲妻】GENE3
【宿命の血戦】GENE4
【この世の果て】GENE5
【愛の戦闘《たたかい》】GENE6
【螺旋運命】GENE7
【心の扉】GENE8
【天使はうまれる】GENE9
CUT金ひかる
【白皙】CUT須賀邦彦

■斑鳩サハラ
【僕の銀狐】
【押したおされて】僕の銀狐2
【最強ラヴァーズ】僕の銀狐3
【狼と子羊】僕の銀狐4
CUT越智千文

【月夜の恋奇譚】CUT吹山りこ
【今夜こそ逃げてやる！】CUTこうじま奈月

■池戸裕子
【TROUBLE TRAP！】CUT峰倉かずや
【アニマル・スイッチ】CUT夏乃あゆみ
【課外授業のそのあとで】CUT史堂 櫂
【勝手にスクープ！】CUTにゃおんたつね
【社長秘書の昼と夜】CUT果桃なばこ
【あなたのいない夜】CUT椎名咲月
【部屋の鍵は貸さない】CUT鳴海ゆき
【共犯者の甘い罪】CUT宝井さき
【エゴイストの報酬】CUT新井サチ
【恋人は三度嘘をつく】CUT新藤まゆり
【特別室は貸切中】CUTともさか高子
【容疑者は誘惑する】CUT梅沢はな
【狩人は夢を訪れる】CUT兎りょう
【夜叉と獅子】CUT羽根田実
【工事現場で逢いましょう】CUT有馬かつみ

■岩本 薫
【13年目のライバル】CUT Lee

■烏城あきら
【発明家に手を出すな】CUT長門サイチ
【スパイは秘書に落とされる】CUT羽根田実
【檻《おり》】CUT今 市子

■榎田尤利
【ゆっくり走ろう】CUTやまかみ梨由
【歯科医の憂鬱】CUT高久尚子
【ギャルソンの躾け方】CUT宮本佳野
【アパルトマンの王子】CUT緋色れーいち
【理髪師の、些か変わったお気に入り】CUT二宮悦巳

■鹿住 槇
【優しい革命】CUT橘 皆無
【甘える覚悟】CUT穂波ゆきね

キャラ文庫既刊

【愛情シェイク】 CUT高群 保
【微熱ウォーズ 愛情シェイク2】 CUT高群 保
【別嬪レイディ】 CUT大和名瀬
【囚われた欲望】 CUT椎名咲月
【甘い断罪】 CUT不破慎理
【ただいま同居中！】
【ただいま恋愛中！ ただいま同居中！2】 CUT夏乃あゆみ
【お願いクッキー】 CUT北畠あけ乃
【独占禁止!?】 CUT宮城とおこ
【となりのベッドで眠らせて】 CUT椎名咲月
【君に抱かれて花になる】 CUT真生るいす
【ヤバイ気持ち】 CUT穂波ゆきね
【恋になるまで身体を重ねて】 CUT宮本佳野
【遺産相続人の受難】 CUT鳴海ゆき
【天才の烙印】 CUT宝井さき
【兄と、その親友と】 CUT夏乃あゆみ

■金丸マキ
【恋はある朝ショーウィンドウに】 CUT椎名咲月

■川原つばさ
【泣かせてみたい①〜⑥】
【ブラザー・チャージ 泣かせてみたいシリーズ】
【キャンディ・フェイク 泣かせてみたいシリーズ2】 CUT禾田みちる
【天使のアルファベット】 CUT極楽院櫻子
【プラトニック・ダンス】全6巻 CUT沖麻実也

■神奈木智
【地球儀の庭】 CUTやまかみ梨由
【王様は、今日も不機嫌】 CUT雁川せゆ
【その指だけが知っている】
【左手は彼の夢をみる その指だけが知っている2】

【くすり指は沈黙する その指だけが知っている3】
【そして指輪は告白する その指だけが知っている4】
【その指だけは眠らない その指だけが知っている5】 CUT小田切ほたる
【ダイヤモンドの条件】
【シリウスの奇跡 ダイヤモンドの条件2】
【ノワールにひざまずけ ダイヤモンドの条件3】 CUT須賀邦彦
【無口な情熱】 CUT椎名咲月
【征服者の特権】 CUT明森びびか
【御所泉家の優雅なたしなみ】 CUT円屋榎英
【甘い夜に呼ばれて】 CUT不破慎理
【密室遊戯】 CUT羽根田実
【若きチェリストの憂鬱】 CUT二宮悦巳

■剛しいら
【追跡はワイルドに】 CUT緋色れーいち
【雛供養】 CUT須賀邦彦
【顔のない男】
【見知らぬ男 顔のない男2】
【時のない男 顔のない男3】 CUT北畠あけ乃
【青と白の情熱】 CUTかすみ涼和
【仇なれども】 CUT今 市子
【色重ね】 CUT高口里純
【赤色サイレン】
【赤色コール 赤色サイレン2】 CUT神崎貴至
【蜜と罪】 CUTタカツキノボル
【恋愛高度は急上昇】 CUT亜樹良のりかず
【君は優しく僕を裏切る】 CUT新藤まゆり
【シンクロハート】 CUT小山田あみ
【マシン・トラブル】 CUT笹生コーイチ
【命いただきます！】

■ごとうしのぶ
【水に眠る月 ―夢見の章―】 CUT麻生 海

【水に眠る月② ―霧雨の章―】
【水に眠る月③ ―黄昏の章―】 CUT Lee
【熱情】 CUT高久尚子

■榊 花月
【午後の音楽室】 CUT依田沙江美
【白衣とダイヤモンド】 CUT明森びびか
【ロマンスは熱いうちに】 CUT夏乃あゆみ
【永遠のパズル】 CUT山田ユギ
【もっとも高級なゲーム】 CUT汞りょう
【ジャーナリストは眠れない】 CUTヤマダサクラコ
【光の世界】 CUT片岡ケイコ
【市長は恋に乱される】 CUT北畠あけ乃
【恋人になる百の方法】 CUT高久尚子
【冷ややかな熱情】 CUTサクラサクヤ
【狼の柔らかな心臓】 CUT亜樹良のりかず
【つばめハイツ102号室】 CUT富士山ひょうた
【夜の華】 CUT高階 佑

■佐倉あずき
【1／2の足枷】 CUT麻生 海

■桜木知沙子
【ささやかなジェラシー】 CUTビリー高橋
【ご自慢のレシピ】 CUT椎名咲月
【となりの王子様】 CUT夢花 李
【金の鎖が支配する】 CUT清瀬のどか
【解放の扉】 CUT北畠あけ乃
【プライベート・レッスン】 CUT高星麻子
【ひそやかに恋は】 CUT山田ユギ
【ふたりベッド】 CUT梅沢はな

■佐々木禎子
【ロッカールームでキスをして】 CUT高久尚子
【最低の恋人】 CUT蓮川 愛
【したたかに純愛】 CUT不破慎理
【ニュースにならないキス】 CUT水名瀬雅良

キャラ文庫既刊

[秘書の条件] CUT史堂 櫂
[遊びじゃないんだ!] CUT鳴海ゆき
[花嫁は薔薇に散らされる] CUT由貴海里
[蜜の香り] CUT新藤まゆり
[極悪紳士と踊れ] CUT汞りょう
[ミステリ作家の献身] CUT高久尚子

■篠 稲穂

[熱視線] CUT夏乃あゆみ
[Baby Love] CUT宮城とおこ

■秀香穂里

[くちびるに銀の弾丸]
[くるぶしに秘密の鎖 くちびるに銀の弾丸2] CUT祭河ななを
[チェックインで幕はあがる] CUT高久尚子
[虜《とりこ》] CUT山田ユギ
[挑発の15秒] CUT宮本佳野
[誓約のうつり香] CUT海老原由里
[灼熱のハイシーズン] CUT長門サイチ
[禁忌に溺れて] CUT亜樹良のりかず
[ノンフィクションで感じたい] CUT新藤まゆり
[艶めく指先] CUTサクラサクヤ
[烈火の契り] CUT彩
[他人同士] 全3巻 CUT新藤まゆり

■愁堂れな

[身勝手な狩人] CUT蓮川 愛
[ヤシの木陰で抱きしめて] CUT片岡ケイコ
[十億のプライド] CUT汞りょう
[愛人契約] CUT水名瀬雅良
[紅蓮の炎に焼かれて] CUT金ひかる
[やさしく支配して] CUT香雨
[花婿をぶっとばせ] CUT高久尚子
[誘拐犯は華やかに] CUT神葉理世
[伯爵は服従を強いる] CUT羽根田実

[コードネームは花嫁] CUT汞りょう
[怪盗は闇を駆ける] CUT由貴海里
[屈辱の応酬] CUTタカツキノボル
[金曜日に僕は行かない] CUT麻生 海
[行儀のいい同居人] CUT小山田あみ

■菅野 彰

[毎日晴天!]
[子供は止まらない 毎日晴天!2]
[子供の言い分 毎日晴天!3]
[いそがないで。 毎日晴天!4]
[花屋の二階で 毎日晴天!5]
[子供たちの長い夜 毎日晴天!6]
[僕らがもう大人だとしても 毎日晴天!7]
[花屋の店先で 毎日晴天!8]
[君が幸いと呼ぶ時間 毎日晴天!9]
[明日晴れても 毎日晴天!10]
[夢のころ、夢の町で。 毎日晴天!11] CUT二宮悦巳
[野蛮人との恋愛]
[ひとでなしとの恋愛 野蛮人との恋愛2]
[ろくでなしとの恋愛 野蛮人との恋愛3] CUTやしきゆかり
[高校教師、なんですが。] CUT山田ユギ

■春原いずみ

[とけない魔法] CUTやまねあやの
[チェックメイトから始めよう] CUT椎名咲月
[白檀の甘い罠] CUT明森びびか
[氷点下の恋人] CUT片岡ケイコ
[恋愛小説のように] CUT香雨
[赤と黒の衝動] CUT夏乃あゆみ
[キス・ショット!] CUT麻々原絵里依
[舞台の幕が上がる前に] CUT禾田みちる
[神の右手を持つ男] CUT有馬かつみ
[銀盤を駆けぬけて] CUT須賀邦彦

■染井吉乃

[嘘つきの恋]
[蜜月の条件 嘘つきの恋2]
[誘惑のおまじない 嘘つきの恋3] CUT宗真仁子
[ハート・サウンド]
[ボディ・フリーク ハート・サウンド2]
[ラブ・ライズ ハート・サウンド3] CUT麻々原絵里依

■高岡ミズミ

[この男からは取り立て禁止!] CUT桜城やや
[ワイルドでいこう] CUT紺野けい子
[愛を知らないろくでなし] CUT長門サイチ
[愛執の赤い月] CUT有馬かつみ
[夜を統べるジョーカー] CUT実相寺紫子
[お天道様の言うとおり] CUT山本小鉄子

■篁釉以子

[バックステージ・トラップ] CUT松本テマリ
[真夏の合格ライン]
[真冬のクライシス 真夏の合格ライン2] CUT明森びびか
[ショコラティエは誘惑する] CUT円屋榎英

■たけうちりうと

[泥棒猫によろしく] CUT史堂 櫂

■月村 奎

[そして恋がはじまる]
[いつか青空の下で そして恋がはじまる2] CUT夢花 李
[アプローチ] CUT夏乃あゆみ

■遠野春日

[眠らぬ夜のギムレット]
[ブルームーンで眠らせて 眠らぬ夜のギムレット2] CUT沖麻実也
[ブリュワリーの麗人] CUT水名瀬雅良
[高慢な野獣は花を愛す] CUT汞りょう

キャラ文庫既刊

【華麗なるフライト】CUT麻々原絵里依
【砂楼の花嫁】CUT円陣闇丸
【恋は饒舌なワインの囁き】CUT羽根田実

■火崎 勇
【恋愛発展途上】CUT蓮川 愛
【三度目のキス】CUT高久尚子
【ムーン・ガーデン】CUT須賀邦彦
【グッドラックはいらない！】CUT果桃なばこ
【お手をどうぞ】CUT松本テマリ
【カラッポの卵】CUT明森びびか
【寡黙に愛して】CUT北畠あけ乃
【運命の猫】CUT片岡ケイコ
【名前のない約束】CUT香雨
【書きかけの私小説】CUT真生るいす
【最後の純愛】CUT宝井さき
【ブリリアント】CUT麻々原絵里依
【メビウスの恋人】CUT紺野けい子
【愚か者の恋】CUT有馬かつみ
【楽天主義者とボディガード】CUT新藤まゆり

■菱沢九月
【小説家は懺悔する】
【小説家は束縛する 小説家は懺悔する2】CUT高久尚子
【夏休みには遅すぎる】CUT山田ユギ
【本番開始5秒前】CUT新藤まゆり
【セックスフレンド】CUT水名瀬雅良
【ケモノの季節】CUT汞りょう
【年下の彼氏】CUT穂波ゆきね

■ふゆの仁子
【太陽が満ちるとき】CUT高久尚子
【年下の男】CUT北畠あけの
【Gのエクスタシー】CUTやまねあやの
【恋愛戦略の定義】CUT雪舟 薫
【フラワー・ステップ】CUT夏乃あゆみ
【ソムリエのくちづけ】CUT北畠あけ乃

【プライドの欲望】CUT須賀邦彦
【偽りのコントラスト】CUT水名瀬雅良
【薔薇は咲くだろう】CUT亜樹良のりかず
【ベリアルの誘惑】CUT高階 佑
【愛、さもなくば屈辱を】CUT汞りょう

■松岡なつき
【声にならないカデンツァ】CUTビリー高橋
【ブラックタイで革命を】
【ドレスシャツの野蛮人 ブラックタイで革命を2】CUT緋色れーいち
【センターコート】全3巻 CUT須賀邦彦
【旅行鞄をしまえる日】CUT史堂 櫂
【GO WEST！】CUTほたか乱
【NOと言えなくて】CUT果桃なばこ
【WILD WIND】CUT雪舟 薫
【FLESH & BLOOD①～⑪】CUT雪舟 薫

■真船るのあ
【オープン・セサミ】
【楽園にとどくまで オープン・セサミ2】
【やすらぎのマーメイド オープン・セサミ3】CUT蓮川 愛
【恋と節約のススメ】CUT橘 皆無

■水原とほる
【青の疑惑】CUT彩
【午前一時の純真】CUT小山田あみ
【ただ、優しくしたいだけ】CUT山田ユギ

■水無月さらら
【お気に召すまで】CUT北畠あけの
【永遠の7days】CUT真生るいす
【視線のジレンマ】CUT Lee
【恋愛小説家になれない】CUT史堂 櫂
【なんだかスリルとサスペンス】CUT円屋榎英
【正しい紳士の落とし方】CUT長門サイチ
【オトコにつまずくお年頃】CUT汞りょう
【シャンプー台へどうぞ】CUTせら

【社長椅子におかけなさい】CUT羽根田実
【オレたち以外は入室不可！】CUT梅沢はな
【九回目のレッスン】CUT高久尚子

■水壬楓子
【桜姫】
【ルナティック・ゲーム 桜姫2】
【ミスティック・メイズ 桜姫3】CUT長門サイチ
【シンプリー・レッド】CUT汞りょう

■夜光 花
【シャンパーニュの吐息】CUT汞りょう
【君を殺した夜】CUT小山田あみ
【七日間の囚人】CUTあそう瑞穂
【天涯の佳人】CUT DUO BRAND.
【不浄の回廊】CUT小山田あみ

■吉原理恵子
【二重螺旋】
【愛情鎖縛 二重螺旋2】
【攣哀感情 二重螺旋3】CUT円陣闇丸

〈2008年11月27日現在〉

投稿小説★大募集

『楽しい』『感動的な』『心に残る』『新しい』小説——

みなさんが本当に読みたいと思っているのは、どんな物語ですか？　みずみずしい感覚の小説をお待ちしています！

•応募きまり•

[応募資格]

商業誌に未発表のオリジナル作品であれば、制限はありません。他社でデビューしている方でもOKです。

[枚数／書式]

20字×20行で50〜100枚程度。手書きは不可です。原稿は全て縦書きにして下さい。また、800字前後の粗筋紹介をつけて下さい。

[注意]

①原稿はクリップなどで右上を綴じ、各ページに通し番号を入れて下さい。また、次の事柄を１枚目に明記して下さい。
（作品タイトル、総枚数、投稿日、ペンネーム、本名、住所、電話番号、職業・学校名、年齢、投稿・受賞歴）
②原稿は返却しませんので、必要な方はコピーをとって下さい。
③締め切りは特別に定めません。採用の方にのみ、原稿到着から３ヶ月以内に編集部から連絡させていただきます。また、有望な方には編集部からの講評をお送りします。
④選考についての電話でのお問い合わせは受け付けできませんので、ご遠慮下さい。
⑤ご記入いただいた個人情報は、当企画の目的以外での利用はいたしません。

[あて先]

〒105-8055 東京都港区芝大門2-2-1
徳間書店 Chara編集部 投稿小説係

投稿イラスト★大募集

キャラ文庫を読んで、イメージが浮かんだシーンをイラストにしてお送り下さい。キャラ文庫、『Chara』『Chara Selection』『小説Chara』などで活躍してみませんか？

•応募きまり•

[応募資格]
応募資格はいっさい問いません。マンガ家＆イラストレーターとしてデビューしている方でもOKです。

[枚数／内容]
①イラストの対象となる小説は『キャラ文庫』か『Chara、Chara Selection、小説Charaにこれまで掲載された小説』に限ります。
②カラーイラスト１点、モノクロイラスト３点の合計４点。カラーは作品全体のイメージを。モノクロは背景やキャラクターの動きの分かるシーンを選ぶこと（裏にそのシーンのページ数を明記）。
③用紙サイズはＡ４以内。使用画材は自由。

[注意]
①カラーイラストの裏に、次の内容を明記して下さい。
（小説タイトル、投稿日、ペンネーム、本名、住所、電話番号、職業・学校名、年齢、投稿・受賞歴、返却の要・不要）
②原稿返却希望の方は、切手を貼った返却用封筒を同封して下さい。封筒のない原稿は編集部で処分します。返却は応募から１ヶ月前後。
③締め切りは特別に定めません。採用の方にのみ、編集部から連絡させていただきます。また、有望な方には編集部から講評をお送りします。選考結果の電話でのお問い合わせはご遠慮下さい。
④ご記入いただいた個人情報は、当企画の目的以外での利用はいたしません。

[あて先] 〒105-8055 東京都港区芝大門2-2-1
徳間書店 Chara編集部 投稿イラスト係

少女コミック
MAGAZINE

[キャラ] Chara

BIMONTHLY
隔月刊

［わが愛しのドクター］
木下けい子

［雨宿りはバス停で］
夏乃あゆみ

原作 水無月さらら×作画 羽根田実
［専務サマは甘くない！］

イラスト／木下けい子

……豪華執筆陣……

沖麻実也　TONO　峰倉かずや　円陣闇丸
秋葉東子　吉原理恵子＆禾田みちる　宮本佳野
高口里純　藤たまき　長門サイチ　etc.

偶数月22日発売

キャラ文庫最新刊

SIMPLEX《シンプレックス》 DEADLOCK《デッドロック》外伝
英田サキ
イラスト◆高階 佑

ロブの誕生日に、連続殺人鬼からプレゼントが届く。心配したユウトは、ディックの同僚・ヨシュアにボディーガードを頼むが!?

ミステリ作家の献身
佐々木禎子
イラスト◆高久尚子

悠太《ゆうた》が働く博物館に、ミステリ作家から取材の申し込みが。しかし現れたのは、昔の恋人！　セフレになろうと誘われた悠太は…。

お天道様の言うとおり
高岡ミズミ
イラスト◆山本小鉄子

平凡な教師・青目《あおめ》は、実はヤクザの跡取り息子だった!?　ヤケになって美人のホステスと寝てしまうが、その美人はなんと男で!?

不浄の回廊
夜光 花
イラスト◆小山田あみ

片想いの相手・西条《さいじょう》に、アパートの隣人として再会した歩《あゆむ》。霊感の強い歩は西条に不吉な黒い影を見、傍で守ると決意するが──。

12月新刊のお知らせ

愁堂れな　［黄昏のリグレット（仮）］cut／羽根田実

火崎 勇　［荊の鎖］cut／麻生 海

水原とほる［氷面鏡《ひもかがみ》］cut／真生るいす

お楽しみに♡

12月16日(火)発売予定